夜不語

秘檔案105

Dark Fantasy File

黑匣子

夜不語 著 Kanariya

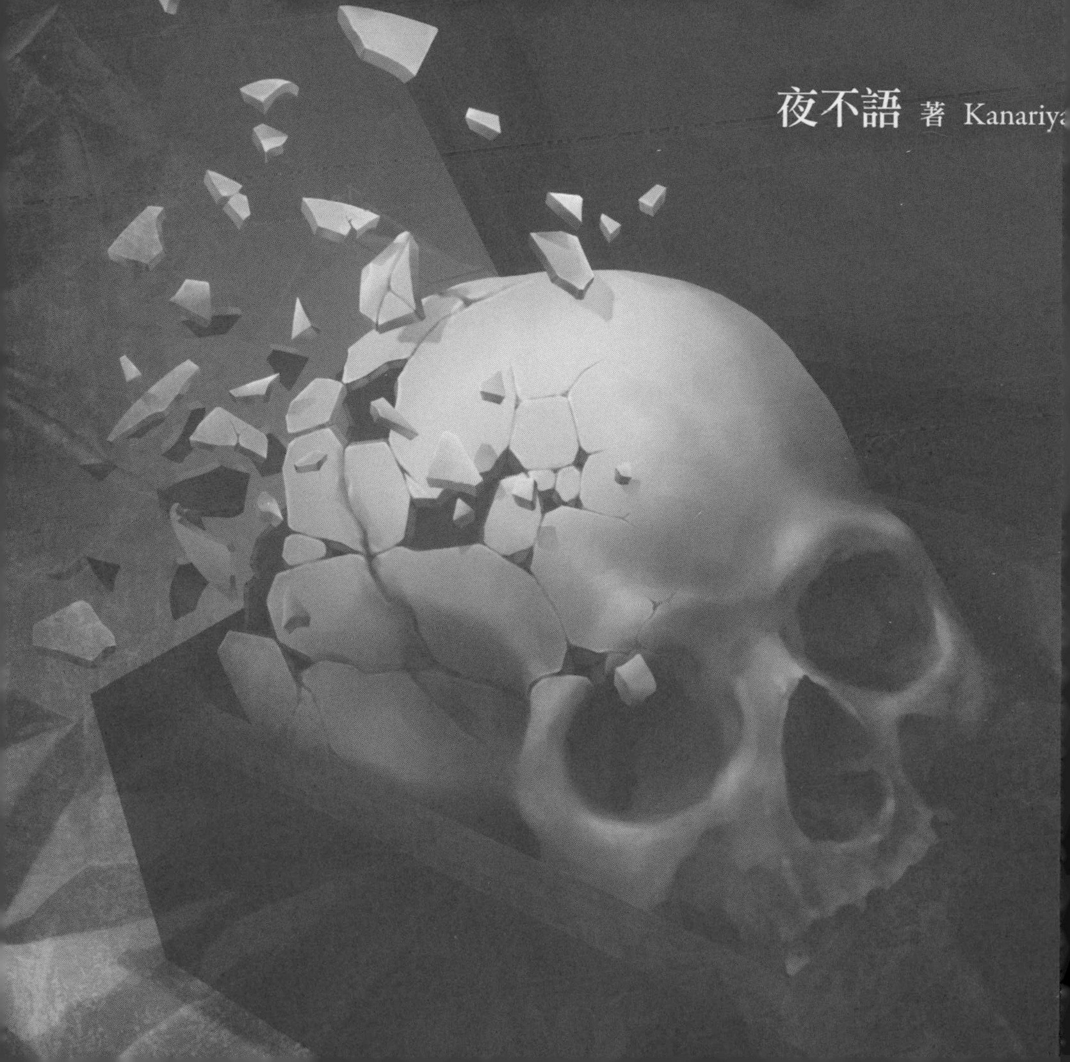

CONTENTS

自序

不知不覺，夏天已經到了。

今年是閏年，似乎所有的季節性事物，無論是從氣候上，還是從感知上，都晚了二十多天。

成都這個常年缺水果的城市，今年的水果價格更是逆天的高。妻子每天出門買菜都抱怨水果又貴了一些，當季水果都快要論個賣了。

由於水果實在太貴，商家賣得不好，於是有聰明的水果店老闆將本地產的橘子剝了皮，串成糖葫蘆的模樣。十塊人民幣一串，一時間成為了路上的奇景。拿著一串橘子，從竹籤上時不時咬一瓣，再吃一口包子、手抓餅啥的。看得我大感有趣。

今年成都的雨，也來得比較晚。

我在寫這篇序的時候，成都的春雨才淅淅瀝瀝的伴隨著遙遠的轟雷聲，慢吞吞的落下來。

潤物細無聲的春雨明明在快要初夏的季節滴落，讓我有種錯亂感。恍然間，都不知道該怎麼從櫃子裡找衣服穿了。

長袖T太熱，短袖T太冷。

在成都這個基本上已經要消滅春季和秋季的怪異城市，我已經有許多年沒有找不到合適衣服穿的困擾了。

你看，閏年跟成都混合到一起，造成的連鎖反應，實在是太古怪了。所以直接導致了我的拖延症爆發。

拖延症一爆發，我就懶洋洋的只想睡懶覺，什麼都不想幹。

這個，這個，真的不是我在為自己的拖稿，拖稿，拖稿找藉口。雖然最近的趕稿進度已經快要被我寫成了，叫做《作家拖延學——如何優雅的拖延截稿日期》的長達十三本的書了。

可是，這真不能怪我。要怪就要怪這該死的閏年，以及該死的成都古怪天氣。嗯，真的，不騙你。

寫到這兒，又被成都閏年的雨給弄睏了。

雨滴滴答答的打在窗沿上，濺起無數水花，再次為我施加了催眠效果。

不行，撐不住了。我想去睡個回籠覺。

最後，再版出到《夜不語詭秘檔案105：黑匣子》了。

第八部離寫完，呃，也快了。

真的快了。

不騙你。

So，下本書的序裡接著聊。
真快了，別催，真快了。

夜不語

據說在日本歷史上，嚴格來說是明治時期，曾經有三位十分有名的特異功能者，不知是不是巧合，她們互不交錯的命運中，卻有幾個十分相似的地方。

第一，她們都是女性。

第二，她們都因為受不了世俗的嘲笑和猜疑，不約而同的選擇或者被迫退出了歷史的舞臺。

御船千鶴子含冤自盡；長尾郁子離奇死亡；最可憐的是高橋貞子，她神秘失蹤後，甚至沒有在日本的近代史裡留下任何相關文獻。

但是死，或許並不是超能力者最好的歸宿。

對於擁有脆弱生命和靈魂的普通人來說，又或者，她們的死，才是一場惡夢的開始……

楔子

這個世界上，有一種形容心情的詞彙，叫做煩躁。

現在，小心翼翼地攀在豪宅周邊某棵大樹上的兩個八卦記者，就很煩躁。

那棟豪宅，是高橋集團總裁高橋光夫的宅邸。

說到高橋集團，在日本不會有人不知道。就像喜歡籃球的人不會不知道 Michael Jordan 一樣，高橋集團絕對是日本商業界的奇蹟。

這個集團建立於三十年前，以對外進出口貿易起家，但是在高橋光夫精準的行銷策略和幹練的做事手腕下，飛快的在日益激烈的商海中茁壯，斂集了大量的資金，並在短短的五年內，收購了各行各業近二十多家公司。

雖然直到現在，高橋集團都沒有真正公開這三十年來，究竟名下的流動資金和不動產到底有多少，但是在業界，甚至聰明一點的日本人都知道，高橋光夫絕對是日本首富，他的私房錢，或許比國庫還多出那麼一點。

也有許多人出於好奇或者許多不能說的原因，去調查過集團原始資金的來源，和一直以來集團斂財的管道，不過那些人士無一例外的全部離奇死亡了。

人這種動物，總是會越學越聰明的。

漸漸的，某些有心人發現，慈眉善目的高橋光夫，似乎並不像他表面上那麼好對付，越是深入瞭解他，越會發現他的周身圍繞著許許多多無法解開的謎。

而試圖解開那些謎的人，最後絕對都會遭受不幸。

於是，聰明人開始放棄調查他的一切，他的家庭、他的集團，只要是和他有關聯的東西，這些聰明人都會裝作視而不見，唯恐一不小心會踩在響尾蛇的尾巴上。

但最近高橋集團發生了一連串的事情，誘使這棟豪宅附近的聰明人以及不太聰明的人漸漸又多了起來……

顯然，趴在樹上的這兩位就不算太聰明。

「那個賤人怎麼還不出來，老闆不是說正對面就是她臥室嗎？」

石下劍一郎放下望遠鏡，揉了揉痠痛的肩膀，抱怨道：「都在這裡蹲一整天了，結果連個鬼影子都沒有等到。媽的，從前以為當狗仔很輕鬆，做了才知道，這玩意兒根本就不是人幹的！」

「噓！」

石下廣智壓低聲音說：「不想要命啦！小聲點，最近高橋集團出了那麼多事，這裡的警衛絕對比以前更嚴。老闆花了大錢才買到這個消息，我們可不能搞砸了！」

「但你不覺得很奇怪嗎？高橋光夫那老頭，三天前還精神爽朗的和建設省的高官打高爾夫球，跩得一副至少還可以活上五十年的樣子，怎麼可能今天早晨就傳出病危的消息？」劍一郎皺了皺眉頭。

「人的生命是很脆弱的，如果再加上某些有心人推波助瀾的話，不論多輕的疾病都有可能致命！」廣智說道。

劍一郎倒吸了一口涼氣，「你是說這次是有人謀殺他？誰這麼大膽？」

「不要亂猜！」

廣智狠狠瞪了弟弟一眼，「我們只管拍線索，至於怎麼編纂內幕，就是老闆的工作了……嗯？架好照相機，高橋戀衣那娘們回來了。」

□

高橋戀衣脫下外套，隨手扔在寬大的床上，然後坐到了鏡子前。

她伸出右手，摸了摸絕麗卻又顯得冷漠和呆板的臉龐。

已經有多少年了，這張臉上除了呆板以外，就再也做不出其他的表情……

即使是聽到爺爺高橋光夫突然變成植物人的噩耗，她的臉上也只有冷漠。

高橋戀衣冷漠地看著自己的妹妹大聲地哭著、吼著，撲在沒有任何生氣的爺爺軀殼上，自己的內心卻沒有泛起任何漣漪，她甚至感覺不可思議。

那樣哭的話，爺爺就能醒過來嗎？

但是，就算爺爺死了，自己真的又能哭出來嗎？

或許，不能吧……

有時候，高橋戀衣也在提醒自己，似乎自己真的太冷血了。不過，這不就是爺爺一直教導自己的東西嗎？

這不就是爺爺他最大的希望嗎？

今天和董事會的那些老不死的召開了緊急會議。

根據爺爺昏迷前所留下的指令，本來自己應該在沒有任何阻攔的情況下，穩坐上高橋集團會長的位置，但沒想到，居然會有不怕死的，要求臨時召開董事會，更有三十幾個人，在會議上，強烈反對高橋戀衣繼任會長的職務。

根本就不需要考慮，在她掌權後的第二分鐘，那三十多人就當場被點名辭退，捲鋪蓋走路了。

高橋戀衣用手捂著臉頰，癡癡地望著鏡中那個毫無表情的自己。

自己美嗎？

許多人都說自己很美，美得如同女神，那對女性而言，應該是很高的讚譽吧？聽到別人的讚美時，自己是否應該出於禮貌的笑一笑呢？

但是，自己卻總是笑不出來，不是不想笑，而是……是有一種力量，禁錮住了自己的靈魂。

自從繼承了「那個」以後，表情、甚至七情六欲，都消失得無影無蹤了。

失去了喜怒哀樂和嗜欲後，真的還能算是人類嗎？

高橋戀衣咧開嘴，試圖做出一個完整的笑容，但終究還是失敗了。

突然，她從鏡子裡看到對面遠處的樹上，閃過了一絲微弱的反光。

她厭惡地搖搖頭，閉上了似乎帶有魔力的炯燦星眸。

嘴角，微微揚起，終於露出了一抹輕笑，但是那個輕笑，卻帶著一絲令人無法察覺的詭異。

笑容不斷蔓延開來，散發出的不是春暖花開的馨香氣息，而是隆冬爆發的雪崩，不但危險，還有一種致命的冷……

「討厭的傢伙，都去死吧！」

□

「怎麼突然冷起來了？」劍一郎拉緊了外衣。

「你神經啊，現在可是七月份！」廣智擺弄著相機，沒有理會弟弟。

「好冷！真的好冷！」劍一郎滿臉煞白，將身體緊緊地縮了起來。

也許是感覺到弟弟在顫抖，廣智不滿地向右邊望去，頓時，他吃驚得幾乎鬆掉了手裡的相機。

劍一郎的臉上和眉毛上結滿了冰屑，他顫抖著甚至開始低聲呻吟起來。

不可能！

現在還是盛夏，怎麼會發生這種無聊的連三流連續劇也不會考慮的下三濫劇情？

廣智全身僵硬地看著超出自己常識的一幕，只感到腦中一片空白。

突然，劍一郎抬起了頭，猛地向他撲了過來。

「給我，把你的衣服給我！」

劍一郎的眼神不知是因為恐懼還是因為寒冷，眸子通紅，似乎已經陷入了某種瘋狂的狀態。

「劍一郎，你在幹什麼，住手！快給我住手！」廣智下意識的大吼了一聲。

但劍一郎反而更加狂暴了。「給我，把你的衣服給我！」

他隨手拿起望遠鏡，向廣智的腦袋砸去。

一下。

又一下。

血，不停地流出來，順著樹幹流到了樹下，被乾燥的土吸了進去，只留下一片殷紅。

終於，廣智沒有了任何動靜。

劍一郎迅速剝光了他，抱著那堆帶血的衣物嘿嘿傻笑……
突然，他模糊的意識到，自己似乎做了什麼不該做的事。
劍一郎猛地抬起頭，呆呆地望著眼前的一切。
「哥哥，你怎麼了？是我……是我殺了你嗎？」
他全身顫抖，一邊哭著，一邊瘋狂的搖著廣智的肩膀，但很可惜，死人，永遠也不可能再開口。
劍一郎恐懼地推開哥哥的屍體，他蜷縮在樹上，用力地咬著手指。
遠處，隱隱聽得到喧鬧的聲音，似乎有許多人正朝這裡跑過來。
劍一郎眼神呆滯，他望著自己沾滿血跡的雙手，又向下邊帶著鐵刺的柵欄望去。
隨後，他又傻笑起來。
「哥哥，嘿嘿，你一個人一定很寂寞吧。別擔心，我馬上就來陪你了！」
夜，東京時間二十三點十一分，打破寂靜的，卻是人臨死時發出的刺耳的慘叫聲……

第一章 太陽雨

不知何時，天開始下起雨了。

原本還是淅瀝瀝的輕柔細雨，轉眼間就大了起來。

狂暴的雨點，似乎毫無耐心地傾瀉在焦燥的土地上，不只考驗公路的硬度，也像在測試那些沒有帶雨具、偏偏又要在暴雨中狂奔的某些倒楣蛋的皮膚彈性。

很遺憾，我剛好就是那群倒楣蛋中最倒楣的一個。

我叫夜不語，是個常常遇到怪異事件的高中生。

兩個星期前，我因為《腳朝門》事件，被迫到了日本。

原因很簡單，因為我被詛咒了，同時還連累了一個無辜的女孩。

根據自己收集到的種種資料推測，我猜自己大概還可以活上至少兩個月，所以，我毅然地帶著在以前事件中找到的，應該是元兇的兩個黑匣子，來到了它的原產地——日本，希望可以找到些許解除詛咒的蛛絲馬跡。

不過，已經足足過了兩個星期，我從一下飛機開始，就到處詢問日本的「烏薩」在哪個地方，一直從東京問到奈良，卻始終沒有任何人知道。

而問二戰以前，製造東西會打上 Made in USA 字樣的地方在哪裡，所有日本人也都是一臉茫然，害我沒有絲毫頭緒，甚至心情焦慮得快要抓狂。

然後，我遇到了這場令自己心情更糟的怪雨。

於是，我躲進了那個在往後被我痛罵和詛咒過千萬次的破酒館。

因為一切讓我頭痛不已的事情，就是從這個破酒館開始的。

但是，如果上天給我一次重來的機會，讓我再選一次的話，不是可能，而是絕對，我依然會選擇走進來，畢竟黑匣子的秘密也是從這裡開始，被自己一步一步解開的。

其實認真說起來，我算是一個厭世主義者，我不太怕死，甚至因為經歷過太多生死離別的痛苦，反而有點期待死亡快些到來。

但我清楚的知道，張雯怡是無辜的，所以我努力尋找擺脫詛咒的方法，希望至少能夠救她。

生命有無法承受之輕，也有無法承受之重，我的人生太沉重了，真的太沉重了，或許死了，才能令自己好好的喘口氣吧……

□

「需要點什麼？」一個五十多歲的歐巴桑從內廳走到櫃檯，遞給我一條乾燥的毛巾問道。

頓時，我打了個寒顫。

那個歐巴桑的聲音又低沉又沙啞，就像封滿青苔的古井一般，既陰冷又潮濕，不經意間讓聲音灌入耳朵裡，真的會令人不寒而慄。

「給我一杯果汁，謝謝。」

猶豫了一下，我還是伸手接過毛巾，用力擦拭濕透的頭髮。

「好古怪的雨。」

那個歐巴桑死死地盯著窗外絲毫沒有減弱跡象的雨，喃喃說道。

「哪裡古怪了？」

「你有見過下這麼大雨的時候，同時還這樣烈日當空嗎？」

我這才注意到，原來陽光完全沒有被烏雲蓋住，燦爛而又帶著絲絲溫熱的光線，透過雨簾落到地上，這絕對是難得一見的奇觀。

但就是這樣的奇觀，卻不知為何給人一種怪異的感覺，就像穿黑色的西褲，偏偏又要套白色的休閒鞋那樣不搭配，甚至，詭異！

「奇怪了，按理說，會下太陽雨的原因是附近有下大雨，而因為強風的關係，把一部分雨水從落雨區吹到了日照區，但哪有可能會大得這麼離譜？現在根本就是暴雨嘛！太違背物理定律了！」我撓著腦袋，用中文低聲咕噥著。

那個歐巴桑好像是聽懂了我的話似的，她咧開塌陷乾枯的嘴問我：「小子，你是中國人吧？有沒有聽過狐狸嫁女的傳說？」

「妳是說，太陽雨代表狐狸在娶老婆的那個民間故事？」

「沒錯。」

歐巴桑又呆呆地望向窗外，然後繼續緩緩說道：「狐狸是一種很有靈性的動物，牠們狡猾而且千變萬化。每當要迎娶新娘的時候，都會化作人形召喚太陽雨，警告那些無知而且好奇心強烈的人類早早避開，以免產生衝突。

「可惜人類原本就是愚蠢而且好奇心強烈的種族，許多人絲毫不理會這個警告，甚至有人故意躲在附近偷看，最後惹得狐狸們大發雷霆，殺死了所有偷看的人。

「所以直到現在，民間還有許多人會告誡自己的兒女，如果遇到太陽雨的話，千萬不要出門！」

我喝了一口果汁，閉上眼睛舒服地伸了個懶腰，說道：「老婆婆，關於狐狸嫁女的傳說，應該還有另一種說法吧？那些能化作人形的玩意兒是狐妖，而不是去動物園就可以觀賞到的普通狐狸變種。

「據說狐妖原本都是山神，但由於長時間與動物靈融合在一起，最終淪落為妖怪。而在日本人的眼裡，那種妖怪偏巧像是狐狸的樣貌，所以就把牠們和狐狸混淆起來。」

略微頓了頓，我又道：「而所謂的狐狸嫁女，根本就不是牠們同族之間的通婚。狐妖們為了得到更強大的妖力，常常逼迫附近的人類，將年輕有活力的處女供奉給牠們，如果當地的人不答應或者反抗的話，狐妖就會讓那裡長年乾旱，還會強行搶走看中的女孩。」

我微笑著，帶著得意的神色，看著那個滿臉驚愕的歐巴桑，緩緩地說：「太陽雨，不是狐狸要嫁女或者娶老婆，而是狐妖帶回搶來的女孩時下的雨，對吧！」

許久，那個歐巴桑才回過神來。她用渾黃的眼睛死死地盯著我看，最後咧開癟扁的嘴大笑起來。

「小子，今天你還沒有找到住宿的地方吧！我這裡也兼營民宿，要不要考慮就住在這裡？或許，會遇到什麼有趣的事也說不定！」

我也笑起來，「那會不會碰巧看到狐狸嫁女？」

那歐巴桑詭然一笑，神秘地說道：「嘿，或許真能遇到呢……」

「有趣。算我便宜一點的話，我就住了。」

□

太陽雨一直下到太陽落山也沒有停。

入夜後，吃過晚飯，我泡了一個舒服的澡，然後早早鑽進被子裡睡了。

不知為什麼，自己總是很在意下午的那場雨……

還有那個可疑的歐巴桑，她黯淡而且無神的雙眼雖然很不起眼，但偏偏又很令人討厭，像是被她看穿了所有的秘密……

還有她的笑容，那層用皺巴巴的老皮堆積出來的虛偽微笑，似乎總是在若有所思，又像在暗示什麼。

唉，一大堆的無聊疑惑積累在大腦裡無處發洩，再加上本來就很煩雜的心情，害得我久久也睡不著。

快要到午夜了吧？

我翻了個身，決定將所有的雜思統統丟掉，然後認真開始睡覺，但此刻聽覺反而異常敏銳起來。

好安靜的夜晚，雨已經停了，積累在這棟中古屋房頂上的雨水，開始順著屋簷，滴到地上。

啪……啪……啪……

一滴，兩滴，三滴……

呼，好舒服的感覺。

記得不知道哪個名人曾經說過，每個人都有嗜好，而且越隱藏的嗜好，越可以看出一個人的性格。

有的嗜好，甚至本人也沒有察覺，就像有的人看到英文字母A和O之間的空白，就有種衝動想要將其填滿一樣。

沒有嗜好的人，絕對是不完整的！

我從小就有個嗜好，我喜歡夜雨，特別是睡覺的時候，躺在床上，然後靜靜地聽雨打在屋頂上、窗戶上，那時我的神經就會不由自主的鬆弛下來，全身也會放鬆，然後心裡就會莫名其妙的，充斥一種被世人稱為感動的情愫。

真的是個很無聊的嗜好吧……

糟糕，越來越沒有睡意了，我煩躁地睜開眼睛，想要起床倒杯水喝，突然，一絲細微的聲音傳入了耳中。

什麼東西？

我猛地向後看，卻什麼也沒發現，整個房間依然沉浸在黑暗裡。

窗外黯淡的燈光，透過磨砂玻璃吃力的照射進來，視線的盡頭是半開著的廁所門，那裡邊只有一個抽水馬桶，而其餘的地方也沒有任何異狀。

或許是那個歐巴桑弄出的聲音吧。

我苦笑了一下，起身拉開了燈，給自己倒了杯水。

其實這裡的住宿條件我還挺滿意的，畢竟日本許多偏僻的鄉下地方，中古民宿或者溫泉旅館什麼的，客房裡大多都沒有廁所，只有一層一間廁所可用，沒想到這裡居然有，而且價格還出奇的便宜，嘿，真是讓自己賺到了！

我繼續胡思亂想著，突然間，腦海劃過了一個記憶，我頓時驚呆了。

不對！我進房間以後，就沒有上過洗手間，而且自己還清楚記得，睡前洗手間的門絕對是關著的，但現在它確確實實是半開著。

到底是誰將它打開了？

絕對不是我！

我不是個夜尿頻繁的人，而且即使是我無意識的去過廁所，連自己都忘記了，也不會將門半開著！

況且，我也不是個會夢遊的人，也沒有夢遊的條件。

畢竟我一直都在榻榻米上翻來覆去、輾轉難眠，根本就沒有一秒鐘進入淺睡眠狀態，但這樣就出現了一個問題，既然不是我開的，又沒有別人進來過，那洗手間的門到底是誰開的？

難道是我的記憶混淆了，或許廁所的門一直都是半開著……

我用手揉了揉太陽穴，不禁又苦笑起來，最近太焦慮了，精神也像琴弦那般繃得緊緊的，所以才會變得疑神疑鬼吧。

去將門關起來後，一口氣將杯裡的水喝個精光，再伸了個懶腰，我爬到棉被上，繼續努力和睡與不睡這兩個嚴重的問題打交道。

就在我精神變得恍惚，好不容易要睡著的時候，忽然又一絲微弱的響聲，傳入了耳朵裡。

那是一種低沉的摩擦聲，很輕，卻又很刺耳，而來源似乎在洗手間的方向。

我惱怒地坐起身，正要出聲抗議那個不道德的歐巴桑亂發出噪音，騷擾失眠的客人，但還沒叫出聲，我的聲音便啞然而止。

我的瞳孔猛地放大，眼睛死死地盯著洗手間的方向。

門！廁所的門又打開了！

而且還是像上次的情況那樣，半開著，就連位置似乎也一模一樣，有股惡寒不由得從我的脊背爬上了後腦勺。

莫名的恐懼感席捲了我的大腦，我幾乎可以感覺到自己的頭髮也豎了起來。

究竟是誰將門打開的？

我這次可以確定，絕對不是我。

深呼吸了好幾次，才將狂跳的心臟穩定下來，我平靜地拉開燈，謹慎地將整個房間檢查一遍。

這個房間是十多坪的正方形空間，所有角落都一目了然。

房門是反鎖的，房間的擺設也很簡潔，根本就沒有任何可以藏住哪怕是一個小孩的傢俱，而且我也可以肯定，這段時間沒有任何人進出過。

也就是說，沒有人有機會打開廁所的門。

那是誰打開的呢？

難道，有鬼？

我不由得打了個冷顫。

搖搖頭，又立刻推翻了自己的結論，太不理智了，這個世界上，哪有那麼多鬼鬼神神的東西可以讓我碰到？

隨手為自己倒了杯水，喝著喝著，我突然笑起來。

那個可惡的臭老太婆，我差點上了她的當。

我曾經看過許多文獻資料，上邊記載，日本某個時代的建築，不論是貴族大宅還是民居小樓，屋裡都會設置一些簡易的機關，用來逃生。

直到現在，某些人蓋房子，都還會要求設計師保留或者增添某些機關，用來滿足他們無聊而且無恥的好奇心，或者偷看別人的隱私。

哼，恐怕這個不起眼的破舊中古屋也是個機關房，難怪那個死老太婆會算我那麼便宜！也難怪自己會很在意她那個討厭的笑容，原來她根本就是有預謀的想拿我窮開心！

「喂，臭老太婆，妳的把戲我已經看穿了，給我出來解釋一下！」我惱怒大聲叫起來，但許久也沒有人回應我。

切！那傢伙還想搞什麼鬼？

我直接朝還亮著燈的房間走去。

用力拉開門，屋裡卻沒有人，窗戶大開著，窗沿上的風鈴被風吹得「叮噹」作響，只覺得有種說不出的詭異。

窗外不遠處的樹上，似乎吊著什麼沉重的東西。

那個形狀很像是人，它在風中搖晃著、旋轉著。

我吞了口唾沫，隨手拿起手電筒，翻出窗戶向那棵樹走去。

離那個人形物體越來越近了，我的手微微顫抖著，將手電筒的光照了過去，終於可以看清楚了，吊在樹上的東西，確實是一個人！

一個身材乾瘦矮小的人，繩索吊在他脖子的部位，應該是死了的樣子。

正在這時，那個人緩緩的轉出了正面。

頓時我驚呆了！

那是一張熟悉的臉！

臉上堆滿了歲月寫下的皺紋，看得出她死的時候很痛苦，因為無法呼吸，她乾癟的嘴張開著，舌頭也伸了出來，無力的垂在因缺血而顯得蒼白的嘴唇上。

不論她的臉，因痛苦而變形得多麼的扭曲，我依然認得出她。

眼前這具屍體，就是這間民宿的主人，那個討人厭的臭老太婆！

我只感到全身無力，一屁股坐倒在地上。

這到底是怎麼回事？

五個小時前，那個老太婆還很有精神的在和我大談狐狸嫁女的傳說，沒想到現在竟然變成了一具沒有生命的屍體！

究竟是誰殺了她？

是自殺嗎？我要不要報警？

雜亂無章的思緒，開始瘋狂的席捲大腦，強壓下恐懼感，我決定先打電話報警，以後的事情，就看警方怎麼處理吧！

唉，最近真是多事之秋！

原本我就已經夠煩了，沒想到還沒找出絲毫可以解決舊問題的端倪，新的麻煩這麼快就追到了身旁。

難道今年我真的是犯太歲？

突然聽到不遠的草叢中，傳出一陣細微的響動。

「誰？」

我猛地轉身望去，只見有個黑影頓了頓，然後拔腿就跑起來。

「給我滾回來！」

我大吼一聲，魯莽地追著那個黑影，朝林子深處跑去。

人永遠是一種無法理解和預測的動物，畢竟不論出於感性還是理性，在某種特定的情況下，即使最理智的人也會採取最愚蠢的行動，譬如心情不好時大吃大喝，然後瘋狂購物，又或者經濟拮据期的不理智消費行為。

如果按照本人正常的思考模式，那一刻我是絕對不會追上去的，畢竟在那種情況下逃跑的人，就算不是兇手，也都離兇手這個身分不會太遠。

追上去是非常不理智的行為，嚴重的話，甚至致命。

但我卻追了過去，而且，幸好我追了過去！

可是我不知道，一場令我永生難忘的惡夢，就在不遠處靜靜的潛伏著。

它像一隻掐住我脖子的巨手，將一根麻繩緊緊地拴在我的頸項上，然後緩緩地將我拉了過去……

第二章 搜索

有時候我感覺，人生，就像一個巨大的輪盤。

全世界五十多億人的命運，就在那個輪盤裡，不斷做著圓周運動，人與人之間隨機碰撞、相遇、認識，接著相戀，或者敵對，甚至相互仇視，最後形成了一個又一個巨大的社會體系。

其實芸芸眾生，看似複雜的眾多關係並非如亂麻般複雜，如果一定要分類的話，頂多也只有四種：血緣關係、朋友關係、戀人關係以及敵對關係。

綜上所述，慢慢用歸納法推論，人與人之間的相遇也變得不再神秘，有些人不管怎麼逃避，到了特定的時候，也會莫名其妙的出現在你眼前。即使你有千百個不願意，也永遠都逃脫不了。

那就是所謂的緣分，或者羈絆……

我在密林裡飛快地追著那個不知道是不是兇手的傢伙，他跑得並不快，但卻異常靈活，而且熟悉地形，害得我十分難堪。

雨，不知何時又下了起來，是淅瀝小雨，雖然不大，但卻異常的冷，我打了個冷顫，回過神來時，那個傢伙已經不見了蹤影。

「該死！」

衣服早已經濕透了，冰冷的雨，不斷的消耗我所剩不多的熱量。

我氣惱地停下腳步，努力向四周打量了一下後，無奈地決定先回民宿。

但當我轉身準備離開，卻發現了一個更令自己氣餒的問題。

「倒楣，哈，我好像是迷路了。」努力將臉上的肌肉擠出一個苦笑，我撓了撓頭，呆呆地站在雨裡，不知所措。

大腦飛快地運轉起來，我試圖回憶過來時的路線，但立刻就放棄了，原因很簡單，一路上我根本就是亂跑，毫無軌跡可言，就算自己再聰明，也沒有能力在瞬間記下那麼混亂的路線。

我緊緊的用外套裹住自己的身體，卻沒有讓寒冷的感覺減弱絲毫。

冷，四周更加冷了！

唉，如果沒有下雨，能生堆火該有多好，還能舒舒服服的窩在這裡，讓別人發現自己的蹤跡。

這場該死的雨。

我躲到一棵大樹下，背靠著樹幹，寒意總算降低了一點。

我微微嘆了口氣，坐在地上，無聊地再次打量起四周。

密林裡並不算太暗，至少還可以看見十幾公尺以外的東西。奇怪了，這裡根本就沒有光源，而且又還在下雨，怎麼可能像滿月夜晚般那麼明亮？

難道……

我猛地抬起頭，果然，灰濛濛的天幕上，顯眼地鑲嵌著一輪碩大的圓月，銀灰色的月光，詭異的遍灑在大地上。

圓月周圍的晦暗光芒，沒有絲毫阻礙的延伸向天空的盡頭，光芒穿透的地方，甚至可以看到飛揚飄蕩的雨絲。

我皺了皺眉頭。

月亮的四周沒有月暈，也就是表示這附近沒有雲了，那這場雨又是從哪裡來的？難道又是太陽雨？

思緒再次混亂起來，沒想到一天內可以遇到這麼多無法用常識解釋的事情，真不知道是幸運還是不幸。

我舔了舔嘴唇，正要盤算該怎麼找回去的路時，一聲刺耳的尖叫突然響了起來。是女孩的慘叫聲！

我立刻向聲音來源處跑了過去，臉上卻露出了無奈的苦笑。

看來，又有什麼倒楣事要發生了。

從前有個朋友幫我算命，他曾說我今年紅鸞星黯淡，絕對有一段時間會很倒楣，當時我踢了他兩腳作為報酬，不過，今天的遭遇實在令人頭痛，自己不會那麼倒楣，不幸被他的烏鴉嘴說中了吧！

左拐了兩次，一片不大的草地就露了出來，最右邊的盡頭，靠近樹林的地方，有一個女孩正捂著腿呻吟著。

「妳沒事吧？」

我急忙蹲下身查看起來，只見那女孩的腿，被捕獵用的鐵齒緊緊地夾住了，也不知道是不是刺破了動脈，血不斷地往外流。

「忍著痛，我先幫妳止血！」

我一邊說，一邊從襯衣上撕下一塊布，緊緊地將她的小腿綁住，再慢慢地將鐵齒掰開。

血果然從刺傷的地方噴了出來，也顧不上消毒了，我飛快地將整件襯衣包在她的腿上，然後將她揹了起來。

「妳知不知道回鎮上的路？」我喘著氣問。

「不知道。」

那女孩抽泣著斷斷續續的回答，聲音異常的柔膩悅耳，還有一絲冰冷。

「那就麻煩了。」我苦笑道：「那些鐵齒就像老虎牙齒一樣有很大的殺傷力，如果不及早治療的話，妳一定會得破傷風，到時候要保命，就只有切斷整條腿了！」

「不要！」背上的女孩顫抖了一下，用微不可聞的聲音說：「我知道附近有個獵人小屋，那裡應該有備用藥品。」

所謂的獵人小屋，其實就是一間茅草屋，看得出已經荒廢許久了。

我從裡邊找到了許多生火用的木柴，和一些碘酒。

「算了，有總比沒有要好！」我暗自嘆了口氣。

生好火，再仔細地將碘酒塗抹在女孩的傷口上。

女孩的神色似乎很委靡，依然在小聲地哭著。

搖曳的火光裡，我這才發現，眼前的女孩居然十分漂亮。

她背靠在牆上，低著頭，晶瑩剔透的淚水，輕輕劃過絕麗的臉頰，讓我不由得看癡了。

女孩微微抬起頭，和我的視線碰在了一起，頓時如同被雷擊中了一般，害羞得急忙低下頭，原本白皙透明的臉上，浮起了一層紅暈。

我尷尬地咳嗽了幾聲，故意將注意力放在火堆上，說道：「早點睡吧，等天亮了應該會有辦法回去。」

女孩溫順地點點頭，閉上了雙眼，但長長的睫毛還在微微顫動著，像是在偷看我。

「放心，我不會夜襲妳的，我可是正人君子！」

我笑著躺在地上，用雙手墊著頭，閉上了眼睛。

折騰了大半夜，雖然心裡還有許多東西需要整理，但睡意還是擋不住的來了。

大腦開始放鬆，意識也漸漸迷糊了，就在快要進入淺睡眠狀態的那一刻，突然一道極度不安的感覺充斥了大腦。

從剛才就一直覺得，似乎有什麼重要的東西被自己忽略了！是什麼？難道那個女孩有問題？還是……

我猛地坐起身來，是那個鐵齒！

我記得在一本野外生存手冊裡看過那種鐵齒，它的全名叫做錯齒夾，專門用來獵捕中等和偏小體型的野獸，例如野兔，或者狐狸！

那種類型的鐵齒，就算是力氣很小的女孩子也可以輕易掰開，為什麼她沒有自己扳？難道是因為被嚇得驚惶失措所以沒有想到？

或許吧，女孩子就是這樣，遇到一點小事都會又哭又鬧，完全沒有任何應對突發狀況的能力，更何況看她的樣子，也不知道是哪家的千金大小姐，恐怕從小到大也沒有出過幾次門吧。

我安心地再次躺了下去，但立刻又彈了起來。

不對，既然是千金小姐，那她怎麼可能一個人三更半夜，跑到這種地方來？有問題！絕對有問題！

我用力吞下一口唾沫，躡手躡腳地走到她身旁，然後輕輕扯動用來包紮傷口的襯衣，想要仔細檢查一下她的傷口。

那女孩不知是不是感覺到了什麼，輕輕翻了個身，把受傷的腿壓在了下邊。

我頓時嚇得半舉雙手，呆呆的一動也不敢動，等到她再也沒有什麼動靜後，才繼續小心翼翼地扯起襯衣。

很倒楣，不知過了多久，扯得我額頭大汗淋漓也沒有弄下來，有些氣急敗壞的我，乾脆一不做二不休，從身上掏出小剪刀，緩緩地將襯衣剪成兩半，女孩雪白的小腿立刻露了出來。

那完美的曲線似乎帶著一種強烈的誘惑力，看得我這個自認定力不錯的人，也猛吞口水，大腦幾乎停頓了。

我猛力地搖搖頭，將雜亂的思緒甩開，全身卻不由得打了個冷顫。

怎麼沒有傷口？

遇到她的時候，我明明看見她的小腿被錯齒夾傷了六處，當時還大量出血，但現在本該有傷口的地方，卻什麼也沒有，甚至連血跡都沒有找到！

這到底是怎麼回事？

我將襯衣的一角撩起來，卻發現本來應該被血浸透的襯衣上，也絲毫沒有血跡，但我敢用我老爸的全部財產發誓，我親眼看到過她的傷口，那些傷口是我包紮的！就連傷口的位置，我到現在也都還清清楚楚的記得。

還是，我真的在做夢？

今天發生的一切事情都是在作夢，我現在或許還躺在那個破舊的中古民宿裡，那個老太婆也壓根兒沒有死翹翹。

是夢吧！一場惡夢。

哈，一定是我不小心把手壓在胸口上，夢才會變得這麼離奇古怪，才會這麼恐怖。醒了就好了……

吃頓豐富的早餐，一切都會好起來的！

就在這時，我的肚子不合時宜的響了一聲，我不由得苦笑起來，果然不是夢，作夢肚子是不會餓的。

沮喪地低下頭，這才發現那女孩不知道什麼時候醒了，正眨巴著一雙美得攝魂的大眼睛，溫柔的望著自己。

我懶得再自己嚇唬自己，乾脆坐到她身旁，眼睛一眨不眨地注視著她的臉，用儘量平靜的聲音問道：「妳究竟是誰？」

女孩沒有回答，只是看著我，將頭輕輕地放在我的膝蓋上，滿臉幸福地閉上了眼睛。

我被她的行動弄得不知所措，大腦一陣混亂，完全不知道下一步究竟是該將她叫醒繼續盤問，還是任她像小貓一般的握著我的手，帶著甜甜的笑容睡覺。

突然，女孩的耳朵輕輕動了，然後她像是受到某種驚嚇一般跳了起來。

她驚惶失措地向四周不斷張望，似乎在找什麼東西，又向窗外焦急地望了一眼。

最後她直直地看著我，像決定了什麼似的，輕咬嘴唇，將我緊緊抱住，壓到了地板上。

絲毫沒有心理準備的我，只感到一個溫熱柔軟的身體緊緊壓在了我身上，女孩的臉就在我嘟嘴可以碰觸的地方。

她急促的呼吸，不斷撫過我的鼻尖，癢癢的，卻有一種說不出的舒服。

就在我想要坐起身時，女孩更加用力地抱住了我，只聽見一個溫柔婉約的聲音，在我耳邊輕輕響了起來：「不要動，閉上眼睛，千萬不要往外看，不然你會被殺死！」

「被誰殺死？」好奇心頓時熾烈起來，我猛地將眼睛睜得斗大，沉聲問道。

女孩微微嘆了口氣，像是在責怪一個頑皮不懂事的孩子，她低下頭尋找我的嘴唇，然後狠狠吻了下來。

我的視線頓時變得一片模糊，腦子似乎也因為突然的劇烈刺激變得麻醉了。

就在唇與唇相交的那一瞬間，我清清楚楚的聽到了一個聲音。

狐狸要嫁女兒了……

第三章 狐狸嫁女

不知道在多少年前，曾經看過一個叫做《狐狸嫁女》的童話故事。

書裡講述了一個男孩偶然看到了狐狸嫁女的隊伍，原本按照族規，被人類看到了樣子的新娘，如果不殺掉那個人類的話，就永遠不能再出嫁。

但美麗的狐女卻因為對方是個小孩子而放走了他，那個男孩回家後很後悔，於是開始旅行，到處尋找那個狐女的蹤跡，因為他想親口對她說一句「對不起」。

可以想像得到，寫那個童話故事的作者，絕對是個理想主義者，而且還可以肯定他絕對沒有見到過狐狸嫁女時的情形，否則他不會把故事寫得那麼富有想像力和童趣。

狐狸嫁女，帶給人類的只有恐懼！

四周靜悄悄的，雨依然淅瀝瀝的下著，打在屋簷上啪啪作響，不知是不是因為太累，那女孩伏在我的胸前睡著了。

好安靜，附近安靜得過於異常，不久前還叫得起勁的夏蟬，也突然閉上了嘴。

霧！什麼時候開始起霧了？

濃密得近乎黏稠的白色氣體，灌進了屋內，不斷在我眼前翻騰著。

我眯起眼睛，卻只看得到三公尺遠的地方。

四周更加安靜了，不，是寂靜！連雨聲也沒有了。

耳朵一時間接收不到任何聲音，就像整個人突然被丟進沒有聲波傳遞的真空裡，難受的我幾乎要放聲大叫起來。

突然，整個世界開始震動，無聲的震動，只見一大群黑影從左邊的濃霧中穿了進來，浩浩蕩蕩地從我眼前走過，接著緩緩在右邊消失了。

那個隊伍不知有多少人，花了許久的時間，才有一頂轎子般的東西，被幾個黑影抬著走了過來。

那個轎子，絲毫不像先前走過去的人影。

先前那些人，不管我怎麼努力看，都只看得到一個模糊的影子，但轎子卻不同，我可以清清楚楚看到它上邊刻繪的花紋，以及轎子裡端坐著的人。

那是個女孩，大概只有十多歲的樣子。

她上身穿著素白色帶著櫻花圖案的和服，頭髮中規中矩的紮在後邊，用龜殼梳子束緊，純白色的新娘蓋頭和面紗遮住了頭髮，也遮住了女孩的大半張臉。

雖然看不清她的樣子，但我卻莫名其妙的對那女孩有種熟悉的感覺，就像自己曾在哪裡見過她。

壓在我身上的女孩將我抱得更緊了，她微微地喘息著。

我低頭看了看，只見她死命地緊閉著雙眼，臉色蒼白，額頭上也流出了許多虛汗。

又過了許久，黑影才走得一乾二淨，霧也漸漸開始散開了，清淡的月光穿過窗戶灑在我們身上，女孩微微動了動，然後坐起了身子。

「那就是狐狸嫁女嗎？」我強壓住狂跳的心，問道。

女孩半跪在地上，紅著臉，輕輕點了點頭。

「狐狸的新娘，是不是從附近搶來的人類女孩？」

「嗯……」那女孩咧著嘴試圖微笑，卻失敗了，只做出了一個十分奇怪的表情，算是對我問話的默認。

我哼了一聲，氣惱地問：「那麼那些黑影就是狐妖了！」

女孩猛地抬起頭死死地看著我，美麗的大眼睛裡全是驚恐。

「你看見了？」她焦急地問。

「對。」我點點頭。

「你為什麼要睜開眼睛，你這麼想死嗎！」女孩的語氣帶著哀怨和微怒。

我撓了撓頭，滿不在乎地說：「牠們已經全過去了，而且也沒發現我在偷看，沒問題的。」

「什麼叫沒問題！問題大了！」那女孩飛快地站起身，拉過我的手就朝門外走，「我們快點離開這裡，晚了就沒命了！」

「到底怎麼回事？」我一臉困惑地問。

只見那女孩全身一顫，猛地後退幾步，幾乎撞進了我的懷裡。

「看來還是太慢了！」女孩滿臉恐慌的喃喃說著，眼睛死望著窗外。

我順著她的視線望去，頓時只感到一股惡寒爬上了背脊，凍徹了心臟。

只見一個巨大的黑影，靜靜地飄浮在屋子的不遠處。

看不清它的樣子，但是我卻清清楚楚的感覺到它在注視我，那種感覺就像獵物被掠食者鎖定了一般。

我的膝蓋在那個沒有眼睛的東西的注視下，顫抖起來，沒有任何理由，我感覺到了恐懼。

那種恐懼猶如浪潮一般，一波接著一波瘋狂沖襲著我的理智。

我的大腦不斷發出危險信號，提醒我想盡辦法趕快逃走。

黑影露出了猙獰的笑容，它似乎在一邊笑，一邊不斷地向小屋接近。

終於它從窗戶飄了進來，無法抵禦的恐懼，反而讓我清醒了。

我大叫一聲，順手抄起一根燃燒的木頭向黑影扔了過去，接著拉住女孩的手跑出小屋，向狐狸嫁女來時的方向狂奔而去。

不知跑了有多久，那個黑影一直都不疾不徐地跟在我們身後，就像吃定我們逃不出它的手心似的。

又逃了一會兒，突然眼前一亮，居然被我跑回了晚上住的那間民宿裡。

來不及高興，我第一時間衝進客廳，拿起電話想要報警，但不管我怎麼弄，電話裡總是只有盲音。

什麼玩意兒！

這不會也是那個狐妖搞的鬼吧？

靠！什麼時候這些鬼鬼怪怪，也學會干擾這些高科技東西了？

我一邊口不擇言的從狐妖的老祖宗玉藻前罵起，一直罵到供奉狐仙的稻荷神社，總之一切有關狐狸的東西，全都被我引經據典地罵了個體無完膚，而被我緊緊拉住的女孩滿臉震驚地打量我，完全不知道罵人居然還可以罵得這麼淵博。

人總是很奇怪，當人的大腦判斷自己陷入絕境的時候，就會自動判斷是昏倒還是繼續依靠本能行事。

人的本能也是種奇怪的東西，就像迷路的時候，大多驚惶失措的人都會選擇不斷向左走；而被某些東西追逼，又陷入恐慌狀態的話，幾乎所有人都會將自己封閉在一個密閉的空間裡，也不管那個空間是不是真的就能擋得住追迫自己的東西。

或許恐慌會讓人的本能認為，密閉的地方就會產生安全感吧！

即使是聰明如我，也無法免俗！

我和那女孩逃進了我住的客房裡，行李依舊整整齊齊地放在枕頭旁邊。

絲毫沒有猶豫，我將所有可以移動的東西，都拖了過去，堵住客房的門，但惶恐卻讓我忘了一個十分基本的常識，客房用的是典型的和式拉門，就算再怎麼堵，對方也可以很輕易的打開。

正當我剛想起這個問題時，門猛地被彈開了，堵在門前的東西，也被一種看不見的力量拉扯，向四面八方飛出去。

黑影靜靜地出現在了門前。

我跌坐到地上，腦子裡一片混亂，只感覺身旁的女孩不知道什麼時候被我擁在了懷裡。

女孩的身體因恐懼而不斷顫抖，她纖細的手指用力地抓住我的手臂，指甲幾乎都陷進我的肉裡，但我卻絲毫感覺不到疼痛，只是死死地盯著那個緩緩向我飄近的黑影。

腦子裡只剩一個念頭，這次真的完蛋了！

早就知道自己的好奇心一定會要了自己的命。但卻不知道報應居然來得這麼快。

黑影終於來到了我身前，它唐突地停住了，一動也不動，我自然也絲毫不敢動彈，就這樣和它無聲的對峙著。

突然，黑影從身體上猛地分出了一塊像是爪子般的東西，它用迅雷不及掩耳的速度向我橫掃過來，我本能的向後倒退，隨手抓了什麼東西用力向它扔過去。

沒想到那個隨意抓來的東西，居然派上了用場！

我半開著的背包在空中散開，裡邊的東西全都撒落出來，一股腦的向那團黑影飛去。背包裡的兩個黑匣子輕輕地碰撞在一起，發出了金屬特有的脆響聲。

頓時，一道刺眼的光線從黑匣子裡射了出來，我下意識地閉上眼睛，卻感覺腦袋被什麼東西狠狠擊中，無奈地暈了過去。

哎，今天果然是我的大災難日吧！

理性思考和淵博的知識，在這一切怪事面前居然沒有任何作用，看來，我真該放下矜持和頑固得要命的科學頭腦，去向那些神棍們學一些明哲保身的小伎倆了！

□

清晨的陽光溫柔的透過窗戶灑了進來，我也醒了，腦袋還是很痛，用手摸了摸，才發現鼓起了一個大包。

女孩還在我的懷裡睡著，睡得很甜，也很安穩，我甚至可以聽到她平穩的鼻息聲。

昨天究竟發生了什麼事？

我只記得自己帶來的黑匣子發出十分強烈的光芒，可是那個想要我命的黑影呢？

不過，既然自己還好好地活著，那麼就意味著它沒有得手。

那它到底去了哪裡？難道是被黑匣子發出的光芒驅趕走了？

我嘿嘿傻笑著，撿過黑匣子，像寶貝一般的放在手裡仔細打量。

雖然以前也像這樣看過千百次，但始終找不到異常的地方，不過可以肯定這兩個東西絕對不平凡。

哼，雖然從前也常常揣測它們的用途，但沒想到居然無意間救了我的命！或許這玩意兒真的能驅魔也說不定。

我小心翼翼地將黑匣子塞回旅行袋裡，又低頭看了懷裡的女孩一眼。正想將她抱到棉被上，讓她睡起來舒服一點，但就在那一刻我卻呆了。

懷裡的女孩穿著素白色的和服，長長的白蓋頭將她的頭髮和半張臉都遮蓋住了，但我清楚地記得，昨晚我救回來的女孩，穿的是淡藍色的針織短裙，那時候我還在奇怪，她大熱天的居然穿那麼厚的裙子，也不知道熱不熱。

很明顯，這個女孩絕對不是那個和我共度危機的女孩。

那麼，現在正在我懷裡睡得舒服的女孩，究竟是誰？

我用手輕輕地拉開她的蓋頭，想要看清楚她的臉，但剛一抬手，就被和服的花紋吸引了注意力。

那是櫻花的圖案，白色的櫻花，代表的是純潔和美麗，不過這個圖案真的好熟悉，就像在哪裡見到過。

我全身一震，吃驚得幾乎要叫出聲來！

昨晚狐狸嫁女的隊伍裡，新娘的衣衫就是這種圖案，難道……

一股陰冷的感覺充斥了全身，我的頭皮發麻，恨不得立刻將這個不知從哪裡跑來的女孩用力推開，然後離開這個詭異的地方，順便把這個小鎮的名字寫到黑名單裡，以便提醒自己，就算是度蜜月時和老婆鬧離婚，也絕對不要再回來。

女孩在我懷裡輕輕翻了一個身，然後張開了睡眼惺忪的大眼睛。

她似乎很不滿意有東西遮住了自己的視線，便用力將頭上的蓋頭和面紗扯了下來，露出了一張霞明玉映、白皙亮麗的臉。

頓時，四隻眼睛對在了一起。

我尷尬的和她大眼瞪小眼，過了好一會兒，女孩打了個哈欠，一邊閉上眼睛，一邊模糊的咕噥道：「今天的夢好奇怪，世界上哪有那種表情癡呆的男人！」

翻了個身，那女孩意猶未盡的抱住我的大腿，似乎在確定什麼似的用力捏了幾下，然後，她猛地顫抖了一下，全身頓時僵硬起來。

「啊啊啊！變態！色……」

那女孩絲毫不顧淑女形象，剛從我身上彈起來就大喊大叫。

我氣不打一處來，飛快地抱住她，捂住她的嘴，讓她硬生生將那個「狼」字吞了下去，這才誘導性的輕聲問道：「妳不記得昨晚發生過什麼事情了嗎？」

那女孩立刻安靜了下來，她捂著頭回憶道：「昨天我來看奶媽，晚上就住在隔壁的房間。但是我記得自己似乎被什麼東西綁架了。

「他們強迫我換上和服，還要我坐進一個醜得要命的轎子裡……對了，奶媽！奶媽為了阻止他們，她……她……」

女孩大哭了起來，她拉過我的袖子，毫不客氣的擦拭眼淚。

唉，女人。

我靜靜地看著她的一舉一動，看著她因哭泣而微微抽動的肩膀，看著她順著臉頰流下的眼淚，終於內心對她的懷疑也一點一滴的被消磨掉了。

沒辦法，誰叫我一直碰到奇奇怪怪的事情，如果有昨晚那樣的經歷還不疑神疑鬼，患神經質過敏症的話，那這種人不是聖人就是瘋子！還好，我還算正常。

再說，哭這種情緒是我最難以理解的東西，就像我難以理解為什麼從眼睛裡分泌出的海水味道的液體，被稱為女人最大的武器一樣。

不過我確確實實害怕聽到別人哭，所以我撓了撓頭，正試圖想要安慰她時，那女孩卻已經站了起來。

她打了個電話，又走進客房問道：「昨天是你救了我吧？」

「如果妳要這麼想的話，也可以。」

昨晚的事情過於複雜，就算直到現在，我都還在懷疑是不是一場夢，既然是自己都懷疑的東西，自然不會蠢得向別人提起。

「那好，非常好。我叫高橋由美，好好記住這個名字！」那女孩用高傲並且不容置疑的語調命令道：「從現在開始，你就是我的未婚夫了，也是高橋集團五十多萬員工的新老闆！」

有沒有搞錯，看來還沒從昨天的麻煩裡脫身，我又陷入一個更大的麻煩裡！

第四章 高橋集團

曾有個不太出名的人，說過一句有些牽強的話，他說世界萬物都有著根本的關聯，而且保持著某種微妙的平衡；就像在適當的地方遇到適當的人，就會產生一種稱為一見鍾情症狀的怪病一樣。

如果打破了那種平衡，便會形成牽一髮而動全身的情況，甚至會引起整個世界的全面崩塌。

不要問我為什麼有這種感慨，老實說，腦中不由自主浮現出以上這段話的時候，我已經在高橋家的茶室裡跪了三個小時了。

那個該死的高橋由美，什麼也沒有對我說，只是要我安靜地跪在她對面，看她做茶。

小腿早就麻木了，我甚至毫不懷疑，如果腳趾也能發聲音的話，它們現在一定已經痛苦的大聲呻吟起來。

「嗯，那個……究竟妳還要用刷子刷幾次碗？」我忍不住出聲問道。

「叫我由美。」高橋由美不滿地瞪了我一眼，「你這個人真是身在福中不知福。你知不知道有多少人想像你這樣坐到我對面看我煮茶？只不過才三個小時而已，你就受不了了，你怎麼對得起我對你的期望！」

我氣惱的哼了一聲，「管他有多少人想娶妳，但妳要明白一點，那許多人裡邊，絕對不包括我！」

「難道我不夠美嗎？」由美停住手裡的動作，抬頭望著我。

「很美。」

「我家不夠有錢嗎？」

「高橋集團在世界上也算數一數二的大公司。」

「那你為什麼不願意當我的未婚夫？」

我苦笑了一下，「感情這種東西，不是用簡單的尺，便可以衡量的。」

由美輕輕站起身，直走到可以跟我鼻息相聞的地方才又跪了下來。

她被和服緊束的胸部隱約露在開口的地方，甚至只要一低頭，就可以看到深邃的乳溝。

她抬起雙手輕柔地撫摸著我的臉，看了我許久，這才微微笑了起來，「你這個人真的好奇怪。第一眼見到你時，我還以為自己在作夢，還在奇怪自己怎麼會夢見那麼白癡的男人，但現在看來，你並不笨嘛。」

「我有說過自己笨嗎？」我酸酸地說。

「既然大家都不笨，那我們就直接進入正題好了。」由美保持著臉上的笑容，聲音一低，問道：「你對高橋集團瞭解多少？」

「不算太多。」我精神一振，思忖道：「二戰後日本政府大力支持民族工業，並對電子、資訊、汽車工業等大型的公司直接融資，造就了現在日本的所謂四強。

「不過你們高橋集團卻一枝獨秀，選擇了在當時相對比較冷門的進出口貿易，並且迅速發了橫財。然後妳爺爺高橋光夫開始四處收購中小型公司，不管是什麼類型的公司，幾乎全都是來者不拒，並將它們很快的融入高橋集團特有的經濟體系裡邊。」

我舔了舔嘴唇，「妳爺爺的生意手腕十分精準，就算日美經濟大戰失敗，日本全面爆發泡沫危機的時候，高橋集團都一直是日本的綠土，你們家發財發了二十多年，生意上幾乎沒有大的失誤和波折，弄得全日本，甚至國外許多大公司的高層都對你們有許多猜疑。

「也有人覺得你們很神秘，不過有一點大家都心知肚明，你們家的錢絕對不比國庫少！」

由美的臉上浮現出一絲驚愕，「沒想到你這個聰明人居然知道這麼多。」

「怎麼，是不是開始對我刮目相看了？」我略微得意地笑道。

「確實是有那麼一點點。」由美將做好的茶輕輕推到我跟前，又問：「你認為現在高橋集團的形勢怎麼樣？」

我端起茶聞了一聞，再瞇著眼睛仔細地品了一小口。

「危機四伏！用這個成語來形容現在的高橋集團，一點也不過分。
「自從兩年前妳爺爺莫名其妙的變成了植物人以後，原本被他強壓著、潛伏在水面下的危機，漸漸開始顯露了出來。
「不過我真的很佩服妳姐姐，她的行事手腕和作風，一點也不比妳爺爺差，而且商業頭腦和眼光甚至比妳爺爺更加精準，所以有她在的話，高橋集團應該暫時不會出現什麼大問題。」
「厲害！」由美猛地盯著我，看了半晌才說道：「怎麼看你都不像是普通人，你到底是誰？」
我微笑著，懶懶地和她打起了太極拳，「很抱歉，本人只是一個普通的遊客。如果說得詳細一點的話，就是一個蹺了高中課程、騙了父母，然後無聊的跑到日本來旅遊的普通高中生。」
「你哪裡普通了？」由美上上下下的打量我，最後長長嘆了口氣，「算了，你不說的話，我也不逼你。我們來做個交易好了。」
「什麼交易？」
由美繼續用刷子攪動著碗裡的茶葉，輕聲說道：「你當我一個月的未婚夫，儘量扮演好這個角色，而這段期間我會滿足你的任何要求。」
她將淡紅小巧的嘴唇湊到我耳畔，輕輕吐口氣又道：「就算你要我以身相許也可以。」

我渾身一顫，全身頓時酥軟起來，但大腦卻仔細盤算這場交易可以為自己帶來的好處。

一直以來，我都在尋找黑匣子的秘密，還有黑匣子帶來的詛咒，但畢竟自己只有一個人，實在太勢單力薄了。或許藉由高橋集團豐厚的財力，以及廣佈整個日本的情報系統，能找到一些線索。

「烏薩，這是一個日本地名，在二戰前，所有在那裡出產的東西都會標上USA的字樣。我要妳盡全力追查這個地方的詳細位置。」我凝視著她的眼睛，認真說道。

「成交。」由美用略微失望的語氣回答我，「真讓人失望。你這個人絕對不正常，居然對著我這樣一個美女都不動心，難道你是Gay？」

「妳才是Lesbian呢！」我不怒反笑，沉聲問：「妳現在可以告訴我，為什麼要我裝作妳的未婚夫了吧？」

由美的神色立刻黯淡下來。

「現在我告訴你的事情，在公司裡還是機密消息，千萬不能告訴任何人。」

見我點了點頭後，她這才低垂下眼簾，用幾乎快哭出來的沙啞聲音，繼續說道：

「我姐姐戀衣，在五天前突然失蹤了……」

□

萬世萬物都有關聯，借用某個人的話來說，就是點線效應，如果將最近幾天發生在周圍的事情用點來表示，再找出它們的銜接處，用線全部連起來，那樣就更利於理解所有的事情。

回到由美為我準備的臥室裡，我拿出一張紙慢慢回憶，然後將自認為很重要的東西全部列了出來。

首先是我住的那家民宿，據由美說，那是她奶媽和田美惠的祖屋，奶媽在三年前辭去了高橋家的工作，然後回祖屋開了一家小酒館，由美常常去那裡玩，卻沒想到居然會發生這樣的慘劇。

和田美惠的屍體在第二天一早就從樹上移下，警方在她身上找不出任何外傷，雖然明知道事有蹊蹺，但最後還是以自殺這種含糊不負責任的理由結了案。

但很奇怪的是，由美居然像是早知道會這樣，她沒有像普通的女孩那樣大吵大鬧，只是靜靜地走到屍體旁，用手將和田美惠睜得斗大的眼睛合上，然後，無聲地哭了起來。

事後，我也問過她關於狐狸嫁女的一些事情，我問她那天究竟發生了什麼事，由美只是很簡潔的說，自己被強行塞進一頂很醜的轎子後，便莫名其妙的感覺頭暈，然後什麼也不知道了。

只看見當時自己的奶媽衝了出來，卻被一個黑影抓住，吊在了樹上，那時候她說話的語氣支支吾吾的，像是隱瞞了什麼。

但我很識趣的沒有繼續問下去，我很清楚像她那樣的功利者的性格，如果她存心想要隱瞞什麼的話，不管我用什麼方法，都不可能從她的嘴裡套出話來。

再來，就是那晚我救回來的女孩。

直到現在，我都還不清楚她的名字，只是隱約感覺那女孩的身上環繞著許多謎團，究竟她去了哪裡？難道是和那團黑影一起消失了？

用力搖了搖越來越沉重的腦袋，我重重地倒在了床上。

沒有頭緒，完全沒有頭緒。

不知不覺，到日本已經有十七天了，卻一點線索也找不到，究竟烏薩那個鬼地方在哪裡？而我找到的那兩個刻有「昭和十三」字樣的黑匣子究竟隱藏著什麼秘密？

昭和十三年，也就是一九三八年的日本，在烏薩出過什麼大事嗎？

為什麼竟然會製造出這樣的東西？

究竟，這玩意兒又是用什麼製造的？

以前我也曾用 X — Ray 試圖照出裡邊有什麼東西，但結果卻讓許多人大吃一驚，裡邊居然是漆黑一片，似乎什麼都沒有，氣得我幾乎要將它砸開來看個清楚。

但有一點可以確定，這兩個東西各自都有不同的用處，而且還必須在某種特定的情況下才能啟動。

例如我找到的第一個黑匣子，它利用一個賣花女的怨氣，殺死了一百三十多人。

而每個死掉的人都有一個相同的地方，便是他們在死前的那一刻，在同一棟樓裡接觸過蘋果。

或許在一個固定的地方接觸關鍵物體蘋果，便是第一個黑匣子的啟動方法。

而第二個黑匣子更加離奇。

它似乎能讓人返老還童，而且永遠保持在一定的歲數，不會老也不會死，但是它也會奪去人的性命。

我是在黑山鎮的一個地下室裡找到它的，根據我的推測，還有許多資料證明，只要在放著它的地方睡足七天就一定會死掉，但生命力卻不會立刻消失。

死掉的人會在第二天變作殭屍，殺掉所有令自己產生怨氣的人……

但它的功能還不僅僅是這樣，沒有睡足七天的人，雖然不會立刻死去，但卻會不斷地做惡夢，直到夢魘從自己的睡夢中爬出來，割下自己的腦袋。

我和黑山鎮的一個女孩都受到了這種詛咒。

就是從那時候起，我就一直生活在惶恐中，或許不知道什麼時候，我便會被人發現失去頭部，慘死在哪個地方吧……而且最近，那種預感越來越強烈了……

我深深吸了口氣，正準備重新整理思緒的時候，房門被敲響了。

「夜不語，今晚想吃什麼？」有個甜美溫柔的聲音穿進了屋內，是由美。

「普通的家常小菜好了。」我隨口應著，打開了房門，卻一時間呆愣在了原地。

只見由美穿著粉紅色的華麗和服，低垂著頭，跪在我的門前。

「妳這是幹什麼？」我大為尷尬地問。

由美抬起頭，衝我微微笑道：「在日本，妻子就是這樣迎接她的丈夫的。」

「但現在都什麼時代了，人類上了月球，太空船都抵達火星了，哪還會有人遵守這種玩意兒。」我不屑地說道。

由美搖了搖頭，「不管時代怎麼變，貴族和平民永遠都不會一樣。平民可以很自由，也可以把日本的傳統扔到垃圾桶裡，但貴族卻不行，貴族必須要嚴格的遵守禮儀。」

「哼，你們這些貴族還真不嫌累。」我有些幸災樂禍，「所謂的貴族，就是有錢的世家。代代相傳的祖業，加上好幾百年積累的財產，確實可以讓貴族一代代的過奢華的生活。

「本來你們可以過得很快樂的，但就是有人看不透，喜歡幫自己套上所謂禮儀和世家尊嚴的枷鎖，但更可惡的是他們不但幫自己套，還親手將枷鎖套在自己兒女的身上，囑咐他們一代一代傳下去，這不是自虐嗎？」

由美依然呵呵笑著，臉上絲毫沒有不悅，只是淡淡說道：「很精闢的理論，你真該見見我爺爺，你們兩個臭味相投，一定會談得很投機。」

「我看是沒機會了。」我望著她，「植物人甦醒過來的機率，比古代的藝妓得到真愛的可能性更小。」

「是啊，或許真的沒機會了……」由美眼神呆滯地看著我的臉，長嘆了一口氣。

我怕她突然哭出來，便率先向屋外走去，「好餓，由美，帶我去餐廳吧……」

一直弄不清楚由美這小妮子究竟在打什麼主意，既然不知道，我也懶得去想那麼多。自己的事情已經夠煩了，我沒太多的精力去管她的閒事。

雖然，想是這麼想，可惜事與願違，後來事實證明，我錯得一塌糊塗，這次的交易，最大的受益者不是我，也不是她，而是一直隱藏在高橋家族中的某個東西。

那個東西悄悄地埋於地底，只將陰穢的眼睛半露在土外，它等待著，等待這場遊戲中的角色全部到齊，然後伺機將所有人吞噬進去……

第五章 未婚夫

其實成功人士和平凡的小市民，又或者和沿街乞討的流浪者並沒有什麼差別。

他們一樣是人，只是比平常人運氣更好一些罷了。

記得小時候，不識字的奶奶去買門神，最後卻買了兩幅衣冠楚楚、眉清目秀的讀書人的畫像回來，貼在了門上。

當時全家人都很納悶她老人家又在發哪門子的瘋，但奶奶卻意味深長的說出了她的道理。

她說，現在的飽學之士哪個不是一副道貌岸然的樣子，學得越多，黑心算盤也就越精，那種人就算是牛鬼蛇神也要退避三舍。

現在看來，奶奶的話似乎大有哲學味道。

越是成功的人士，就越是放不下手裡的東西。

所謂的貴族也是一樣，他們為了自己，可以堂而皇之的做出一切違法、甚至違反道義的事情，然後每天睡覺前都會坐在鏡子前自我催眠，把一切都歸咎成是為了家族的繁榮。

也就是他們這樣的人，創造了一種上等人專用的名詞——政治聯姻、商業聯姻……

諸如此類的東西。

就在我到高橋家的第三天，日本的三大財閥——三元家、大井家和上杉家，全都派了人過來。

那一刻，我才清清楚楚的明白，由美那個一年前死去的老爸，究竟將她推銷過給多少個家族。

有錢人果然喜歡自我虐待，看來回家後，我也有必要幫自己的老爸打預防針，不然說不定他就會因為某場生意，瞞著我把我賣給個醜女，那時候我不哭死才怪。

「由美，聽說妳今年就要和某個非日本人的混蛋結婚？究竟是怎麼回事？我們三元集團早在五年前就和高橋集團聯姻，只等妳高中畢業，就要和我結婚的。」三元集團的次子三元耕助，一下車，就對著由美大聲吼道。

我和由美對視了一眼，不約而同皺起了眉頭。

奇怪，我和她的協議是在昨天中午說定的，而且一直都沒有向任何人提起過，畢竟訂婚對貴族而言，是非常繁瑣的事情，有許多東西需要準備。

我們都不希望打一場沒有把握的仗，所以這件事情非常保密，就連向家裡的僕人介紹我時，由美都只說我是她的朋友。究竟這個消息是從哪裡，又是從什麼時候傳出去的？為什麼她的三個未婚夫都全部知道了？

「你們是從哪裡聽來的？」由美冷冷地問。

上杉家的長子上杉保搶先說道：「今天早晨，一封匿名信莫名其妙的出現在我家，上面說妳兩個月後，準備嫁給一個不知名的小子。」

「沒錯，那封信我也收到了。」最後一個到的大井俊史走上前，拉住由美的手，優雅地吻了一下，「高橋小姐，好久不見了。」

由美厭惡的飛快抽回手，衝著三元問道：「你也是收到了那封匿名信才來的嗎？」

三元心不在焉地點點頭，然後用極為不友好的眼神鎖定了我，「由美，這個傢伙是誰？」

由美微微一笑，親暱地挽住我的手，宣佈道：「他是我的未婚夫，也就是我兩個月後結婚的人。」

頓時，所有人都呆住了！

我渾身僵硬地愣在原地，大腦一片混亂，但臉上卻反射性的露出從容的微笑。

這個女人究竟想幹什麼，不是說好一個星期後再宣佈的嗎？現在什麼都沒有準備，再加上那三道吃人的眼神……

天哪，我死定了！

由美在我的手臂上狠狠地掐了一下，我立刻清醒了過來。

算了，死就死吧，總之話已經說出口，再也挽回不了了。

我保持著友好親切的笑容，向對面三個想用眼中陰毒憤怒目光殺死我的情敵，伸出手，「你們好，我就是三元先生口中的那個混蛋。」

□

晚飯的時候氣氛十分尷尬。

由美的三個未婚夫，默不作聲地吃著自己盤子裡的東西。

由美坐在我身旁，儼然一副乖乖小妻子的模樣。我和她旁若無人的一個勁兒小聲談笑，暗地裡卻在猜測那封匿名信的來歷。

「我們之間的交易，還有誰知道嗎？」我一邊咀嚼著食物一邊問。

由美笑咪咪地為我盛了一碗湯，「絕對沒有，是不是你無意之間透露給什麼下人知道了？」

「除了妳以外，我這兩天哪裡接觸過什麼下人？」我習慣性的想皺眉頭，最後卻無奈的變作了笑臉，「妳再仔細想想，那間茶室是不是有什麼竊聽器等諸如此類的玩意兒？又或者是妳的未婚夫們怕妳紅杏出牆，出大錢請了偵探二十四小時監視妳？」

「你偵探片看太多了，如果我長期被跟蹤，高橋家的保鏢怎麼可能會沒發現？他們又不是只拿錢不做事的飯桶。而竊聽器這種東西更是不可能，為了保護商業機密，高橋家附近都裝有干擾器，在房子裡甚至連手機都不能用。」

「那就是有內奸。」

「不可能，這裡的人全都在高橋家待了幾十年，他們很忠心的。」

我哼了一聲，「天真，有些人為了錢，什麼事情都幹得出來。」

「就此打住，我不想跟你爭辯這個問題，你不會懂的。」由美溫柔地將黏在我臉頰上的飯粒捻下來，放進自己的嘴裡。

這時，突然聽見對面響起「啪」的一聲，餐廳裡所有人都向那兒望去，只見三元用力地將筷子扔在地上，狠狠地盯著我說道：「夠了，我要去睡覺！告訴我客房在哪裡！」

「你不回去嗎？」由美略微有些詫異。

三元眯著眼睛，衝我冷哼了一聲，「從今天起我就住在這裡，我絕對不會將由美交給你這個王八蛋。」

「王八蛋是嗎？」我毫不在意地微笑著：「那你這個會和王八蛋說話的玩意兒，又是什麼東西呢？」

「臭小子！」

三元一把將身前的碗筷全掃在了地上，正想走過來將我狠扁一頓，只見由美立刻擋在了我跟前。

「夠了，三元，你如果再耍這種小孩子脾氣，別怪我立刻把你趕出去。」她冷冷地轉向剩餘的兩個人，「你們也要住在這裡嗎？」

上杉苦笑了一下道：「沒辦法，父母之命。」

大井也站了起來，說道：「我也要住下，直到妳同意和我結婚為止。幫我們分配客房吧。」

由美無奈地叫來下人帶他們到客房，就在走出餐廳門時，大井又轉過身來，衝著由美意味深長的說道：「由美，妳要仔細的考慮清楚，如果大井家和高橋家聯姻的話，這對現在我們兩家面臨的困境都有很大的幫助！

「為了家族的利益，高橋家絕對不會讓妳和那個來歷不明的小子結婚。雖然我不知道他是用什麼方法把妳騙到手的，但他絕對是為了妳的錢，由美，不要在將來後悔莫及啊！」

由美露出了甜美的笑容，「對不起，家族是家族，我是我，我一旦選擇了某樣東西，就會努力堅持到最後，絕對不會後悔。」

等所有人都退了出去，我打了個飽嗝，順勢躺在地上，突然大笑起來，「有趣！看來妳的三個未婚夫，都不是什麼好對付的軟角色。」

「所以我才會和你做那樣的交易。」由美狡猾地看了我一眼：「怎麼，現在後悔了？」

「後悔還不至於，嘿，只是覺得這件事越來越有趣了。」我的笑容頓止，眼睛一眨也不眨地回望她，淡淡地說道：「那麼，現在妳可以告訴我，要我扮演妳未婚夫的真正目的了吧！」

由美為我收拾碗筷的手微微一顫，強笑道：「我不是向你解釋過了，上個星期姐姐失蹤，現在高橋集團的高層全都亂成了一團，我擔心家族某些頗有野心的人，會利用這個機會伺機將我嫁出去。

「那樣的話，在姐姐不在、爺爺又變成植物人，而我這個直系繼承者又改姓的情況下，整個高橋集團就很有可能變成他們的私人物品。」

「不對，沒有那麼簡單！」我哼了一聲，「要不要我幫妳整理一下妳的想法。」

由美臉上虛假的笑容止住了，她端端正正地跪坐到我跟前，用冷漠的語氣說道：「願聞其詳。」

我毫不在意地望向窗外。

「我以前就說過，高橋集團中有許多隱患。妳姐姐的失蹤就是導火線，它會將所有原本潛伏在水底的隱患全部引誘出來。

「也就是說，高橋集團在不久後，便會成為群雄割據的時代。整個集團就是一塊大餅，有實力的人當然希望咬上一口，而且還要儘量比別人的那一口大。」

我舔了舔嘴唇，「當然，如果想要多咬一些，就需要一張比別人更大的嘴，所以和別的財閥聯姻就成了那張大嘴，但是聯姻的話，當然是要自己的直系親屬，例如自己的女兒或者兒子。

「妳的那些所謂的叔叔阿姨們絕對不會考慮妳，在這種情況下，他們反而不希望妳嫁給剛才的那三個財閥，因為會對他們造成阻力，出於一個正常人的考慮，我更覺得他們會請殺手殺掉妳，而不是嫁掉妳。」

「很有趣的推理。」高橋由美面不改色地說。

我衝著她微笑，「更有趣的在後邊呢，最近這幾天，我可不只是在妳家吃閒飯，我借用了資料室，稍微研究了一下妳的家族。嘿，居然發現了許多有趣的東西。」

「什麼有趣的東西？」

「我慢慢解釋好了。」我好整以暇的躺到地上，「我那三個情敵背後的大家族，三元家、上杉家和大井家，分別是五年前、七年前和十一年前，由妳父親牽線，和高橋家聯姻的。

「當時你爺爺有三個直系孫女，分別對應的財團，是長女美雪嫁給大井家的大井俊史、次女戀衣嫁給上杉家的上杉保，最後是妳嫁給三元家的三元耕助。

「有趣的是，三年前妳大姐美雪中毒身亡，而一年後又因為二姐要掌控高橋集團，不能出嫁，所以全部的聯姻債務，都像轉帳一般的落到了妳頭上，也就造成了妳現在有三個未婚夫的局面。」

「這沒什麼好奇怪的，全日本都知道。」

「但奇怪的是，那三個家族的態度，為什麼他們明知道一個女人不可能同時嫁給三個男人，還是默許了這場荒唐的四角關係？」我瞇起了眼睛。

由美不屑地說：「很簡單，因為我家有錢！如果和高橋集團聯姻的話，一定能讓他們走出現在的困境。」

「這只是其中的一點。」

我搖搖頭，繼續說道：「戀衣失蹤的消息，恐怕現在已經被一些有心人傳到了那三個財閥高層的耳朵裡，現在的情況，只要是不太笨的人，都看得出對妳非常不利。

「勢單力薄的妳，只要走錯一步，就會被趕出高橋家的大門，對他們而言，妳應該已經是一個絲毫沒有利用價值的廢物，但為什麼聽到妳要結婚的消息，那三個財閥就不約而同的、匆忙派自己的兒子過來，賴在這裡不走，一個個露出非妳不娶的樣子？」

「這確實有點奇怪。」由美臉色陰沉起來。

我笑了，「對於這個疑問，我想到了兩個答案。」

「哪兩個？」

「第一個是引蛇出洞。或許這次戀衣的事件只是一個幌子，其實她根本就沒有失蹤，只是悄悄地躲了起來。

「她和妳串通演出一場好戲，當暗中窺視高橋集團的隱患一個接著一個全部浮出水面後，再突然出現，打得妳那些頗有野心的叔叔、阿姨們一個措手不及，最後將他們全部剷除掉。」

「很有想像力的推測。」

由美神色一黯，輕輕搖了搖頭，續道：「可惜姐姐是真的失蹤了。而且就算這是我和她之間的一場戲，也不會讓第三個人知道，所以根本就無法用來解釋，那三個財閥的古怪舉動。」

「所以我才會有第二個推測，這個推測不但可以解釋他們的行為，還可以解釋為什麼妳會要求我做妳的未婚夫。」我不疾不徐地說道：「高橋集團百分之十三的股份。」

由美頓時全身一顫，滿臉震驚地望著我。

我注視著她黑白分明的美麗雙眸，又道：「高橋集團流通在市面上的股票，只有百分之八十七，其餘百分之十三的下落，一直都是許多人關心的話題。

「看到妳這麼有恃無恐的樣子，我想那百分之十三應該在妳手裡，必要的時候，妳可以用這個當籌碼，強行壓制董事會的決議。當然，如果妳現在出嫁的話，一切就都泡湯了。」

「看來真的瞞不了你。」由美苦笑起來：「既然你已經知道了，那你要多少籌碼就自己加好了，我不會拒絕的。」

「別瞧不起人了，我可不會趁火打劫。」我瞪了她一眼，「只是希望妳跟我交易的時候，多一點誠意。」

「誠意是嗎？」

由美輕柔地用手挽住了我的脖子，她舔了舔嫩紅濕潤的嘴唇，然後狠狠地吻了下來。

我躲閃不及，只感到柔軟溫暖，覆蓋在嘴唇上。

突然，一條滑膩的物體深入了我的嘴裡……大腦頓時一片空白，全身都酥麻起來。

那個熱吻不知持續了多久，唇分之後，由美帶著滿臉笑意，問道：「這樣算不算夠誠意呢？」

「恐怕還不夠。」

我摸了摸嘴唇，強壓住狂跳的心臟答道。

「那這樣好了，今晚我洗個舒服的澡，然後乖乖地躺在床上，等你來秉燭夜談關於誠信的問題。」高橋由美嫣然笑著，臉上浮起了一片誘人的紅暈，「怕只是怕某個人膽子太小，不敢到人家的房間夜襲。」

「膽子小不小，晚上就知道了。」我的心臟再次狂跳起來。

目送她站起身，突然，我呆住了，沒有任何道理，但我覺得她的身形有種熟悉的感覺，那種感覺很強烈，卻又偏偏說不出熟悉在什麼地方，只是隱約有個模糊的概念，而那似乎對我非常的重要。

「妳有沒有一條淡藍色的針織短裙？」

不知為何，這句話從我的嘴中脫口而出。

高橋由美詫異的回頭望著我，不解地問：「有啊，你想看我穿嗎？」

「對啊，我想。」我思忖了一下，然後點了點頭。

高橋由美古怪地笑了起來，「你的嗜好還真奇特。那好吧，遵從丈夫的意思，也是做妻子的一種責任，今晚你有膽來夜襲的話，我就穿給你看好了。嘻嘻，我會等你的！」

我衝她擺了擺手，思緒又再次回到了剛才那突如其來的疑惑裡。

高橋由美的身形我已經看了好幾天了，按道理不應該產生那種熟悉的感覺。

所謂熟悉感，從心理學上來講，是許久不見的人偶然見到，又或者在一個人身上發現另一個較熟悉的人才有的固有姿態，諸如此類的情況下產生出的一種微妙感應。

還是剛才我因為既視感，而產生了錯覺？

有趣，實在很有趣。我躺在榻榻米上，卻不由得笑了起來。

最近發生的種種事情，都讓我產生了極大的興趣，我的好奇心開始熾熱起來。

但我卻不知道，隱藏在高橋家的某個東西已經慢慢從土裡爬了出來，它悄無聲息的注視著一切。然後伸出自己鋒利的爪子，夾帶著一種稱為死亡的名詞，緩緩地向我們走了過來……

第六章 混亂

所謂既視感，是大腦產生的一種非視錯覺。

舉個例子，就像你明明是第一次去某個地方，但偏偏卻有一種熟悉的感覺，似乎你很久以前來過，而且還做著和現在完全一樣的事情……

總之，大腦時不時的會產生一種無中生有的熟悉感，讓你認為自己曾經在從前的某個時間，做過和現在一樣的某件事，也就是所謂的似曾相識。

當然，也有許多玄學人士將既視感，當作前世的記憶。不過，我實在不太相信。

如果按照他們的解釋的話，難道對由美產生既視感的我，前世就曾經遇到過她，和她發生過什麼？然後我死掉了，走上奈何橋，喝了孟婆湯，將前世的種種全都忘個一乾二淨，但現在由於某個關鍵的影響下，我又突如其來的喚醒了當時的記憶？

我猛地翻身起來，一邊嘲笑著自己毫無根據的念頭，一邊推開門向外走去。

已經兩天了，透過高橋集團的資訊網路，有關於烏薩的事情，應該查到了不少線索。今晚一定要好好的問問由美。

□

夜，無法阻攔的降臨了。三元躺在床上久久不能入睡，窗外不知何時下起了淅瀝小雨，雨打在木質的屋簷上，令他的心情更加煩躁。

三元索性走到窗前的椅子上，點燃一根菸，緩緩抽了起來。

他萬萬沒想到，高橋由美在這種重要的時候，居然敢和自己玩賤招。

原本家族的計畫，只要等高橋家的人將高橋由美逼迫得走投無路，然後自己再出面做好人，娶了她，之後慢慢地將她手裡百分之十三的股票哄出來，到時候加上三元集團暗中收購的百分之四的股票，派人出任高橋集團的會長，進而控制和吞併高橋家，就不再是問題。

不過，今天早晨收到的匿名信還真奇怪，它毫無預兆的出現在三元家的餐桌上，或許是不想讓人認出筆跡吧，整封信是用電腦輸入後列印出來的。

上頭只有兩個資訊，一是說高橋光夫曾在十年前，將高橋集團百分之十三的股票偷偷以高橋戀衣的名義存了起來，而現在那些股票已經到了高橋由美手裡。

第二個便是高橋由美會在兩個月後，和一個非日本裔的無名小子結婚。

三元狠狠將抽了一半的香菸扔在地上，用腳踩滅後，用手指按摩起太陽穴。

在很久以前，三元家就懷疑，那百分之十三的股份在高橋戀衣或者高橋由美其中一人的手中，所以才一直不敢取消和高橋家的聯姻。

雖然不知道匿名信上消息的真實性，但卻有了入手點，管它是真是假，只要有一絲可能性，三元家就絕對不能放棄，即使不能控制高橋家，但得到了那百分之十三的股份，對早已陷入財務危機、債臺高築的三元家來說，也是一針強心劑。

原本以為自己可以取得先機，卻沒想到匿名信居然不止一封。

同樣的匿名信，在同樣的時間，以同樣的方式，出現在高橋由美其餘兩個未婚夫家裡，更加想不到的是，上杉家和大井家也出於同樣的考慮，將那兩個混蛋硬塞了過來。

就這樣，自己莫名其妙的多了兩個競爭者，不對，還有那個混蛋！

那傢伙雖然一副笑容可掬、忠厚老實，看似很好欺負的樣子，但不知為什麼，自己一見到他那雙鷹眼就覺得討厭！

那雙眼睛透出的精光，似乎穿透了自己的骨髓，在他的注視下，自己就像是赤裸裸的站在雪地上，那種感覺真的令人十分厭惡。

三元惱怒地將穿在腳上的木屐踢了出去，然後站起身走到鏡子前，癡癡地望著鏡中的自己。

他用手輕輕撫摸著臉頰，然後笑了。

自己微笑的樣子很帥，這是讓許多女人為自己癡迷的原因之一。

當然，那些婊子更喜歡自己口袋裡的錢，如果今年之內還無法找到一大筆資金讓三元集團融資，銀行就很有可能接管企業。

到時候一切都完了，女人，還有供自己過奢華生活的大筆大筆的錢……

突然，三元從鏡子裡看到有什麼似乎從身後的窗外閃了過去，是一個黑影，一個比黑夜更加黑暗的黑影。

那是什麼東西？人？

不可能，這裡可是三樓！

三元不由得打了個冷顫，他又看了一眼窗外，什麼也沒有，只有從天空不斷飄揚下來的雨水。

雨在燈光的照耀下透露著一分異采，不，更像是一種邪氣，不知為何，三元感覺自己在害怕。就像這紛飛的雨會帶給自己危險。

「我是怎麼了，這只不過是普通的雨而已！」他又點燃一根香菸，正要含在嘴唇上時，突然所有的行動都在那一刻停止了。

三元全身顫抖起來。

窗戶！窗戶什麼時候被推開的？

他明明記得進房間時，高橋家的下人怕雨水飄進房間，將窗戶關了起來，而且自己原本就有關窗戶睡覺的習慣，因為那樣會給自己一種安全感！

三元清楚地記得，一個小時前，自己還檢查過客房的窗戶是否關嚴了。

那窗戶究竟是什麼時候，被誰打開的？

三元用力地甩了甩頭，愣愣地盯著窗戶，不知這樣呆了多久，他突然笑了起來。

高橋由美那個婊子，一定是她搞的鬼，為了趕走自己，她可是什麼都做得出來，這也更證明，那些股票在她的手裡。

「沒關係，誰怕誰啊！老子一向都是耐心十足。」

三元隨手扔掉快要燒到手指的香菸，站起身將窗戶關了起來，就在他轉身向床走去的那一剎那，燈，突然熄滅了。

客房裡頓時一片漆黑。

三元大吃一驚，但隨即又不慌不忙的，從口袋裡掏出打火機，一道淡藍色的火苗便竄了出來。

微弱的火光，充斥著整個黑暗的房間，在他的身後拖曳出搖晃不定的長長影子。

他坐到床上，眼睛漫不經心的盯著飛竄的火苗，得意的笑了。

那個臭女人做事真絕，不過還是太嫩了點。

想要嚇倒我三元耕助，哪會那麼容易！老子我可不是被嚇大的！

這時，打火機燃起的火焰，猛地搖晃了一下，然後熄滅了。

三元將它重新打燃，但不一會兒火焰一晃，又熄掉了，就這樣反覆了好幾次，他略微感到不安起來。

自己的打火機是瑞士知名品牌，以防風功能出名，就算在狂風裡也不容易熄掉，更何況是在這間絲毫沒有任何風的房間裡。

他深吸一口氣，再次將打火機打燃，卻立刻又熄滅了，但這次三元卻清清楚楚地感覺到，有一絲微弱的氣流，從自己的左邊撫在臉頰上，就像……就像身旁有個頑皮的孩子，只要自己一將打火機打燃，他就惡作劇般的輕輕將它吹滅。

三元只感到一陣惡寒從腳底爬上了脊背，然後又從脊背傳到後腦勺。

他恐懼得全身僵硬，就那樣一動也不敢動地呆坐在床沿邊。

過了許久，他像是做了個重大的決定，猛地打燃打火機，然後向左邊望去。

黯淡的光芒下，那裡什麼都沒有！

看來，剛才的風果然只是錯覺！

三元長長舒了口氣，突然他看到了自己的影子。淡淡的影子拖在身後，並沒有什麼異常，但為什麼自己會覺得和平常的不太一樣？

他仔細看著，當他看清楚自己影子的時候，頓時，還沒歇止下來的恐懼感，猛地擴大千萬倍，甚至凍徹了他的脊髓——

只見自己的背部隆起了一大塊，似乎有什麼正趴在他的背上。

是個小孩！

對，絕對是小孩，那個小孩用雙手挽著他的脖子，緊緊地貼在他的背上。

三元想要大聲呼救，但立刻發現自己的大腦已經失去對身體的控制權，他就連喊出聲的能力也沒有。

每當自己想要顫動喉嚨的時候，就有一雙柔弱的手掐住自己的脖子，強迫自己將聲音硬吞下去。

但災難並沒有因此而結束，窗戶響了起來，是敲擊的聲音，似乎有什麼東西想要破窗而入，打火機突然自己燃了起來，藉著微弱的火光，可以看到窗戶的鎖在一種無形的力量下猛地彈開，推拉窗緩緩地開啟……

縫隙越來越大，他甚至可以看見窗外有一個比黑夜更加黑暗的黑影，那個黑影伸出尖利的爪子，一邊向他招著手，一邊不斷將窗戶推開。

三元的臉上露出一絲怪異的微笑，他不由自主的站起身，向那個黑影伸出手去。

正當他就要碰到那個黑影的時候，腦子突然清醒了過來！

他感覺自己又奪回了身體的控制權，不過從小就嬌生慣養的他，早已沒有轉身逃跑的能力，三元全身一軟，一邊瘋狂的大聲叫著，一邊坐癱在地上。

他的褲子早已經濕透了，淡黃的液體和冒著臭氣的固體流到地上，只要是人都可以看出，那絕對是傳說中被稱為屎和尿的某種碳水混合物以及排泄物……

□

走出餐廳後，我回到自己的房間裡，拿出那兩個黑匣子，又仔細看了一番。

雖然目前依然是一無所獲，但我卻沒有像以往那麼焦急了，畢竟有高橋家的情報網可以用，自己再也不是無頭的蒼蠅。

再退一步來說，如果高橋家也查不出烏薩究竟在日本的哪個地方，那麼我更不可能找得到，到時候就只有回國，然後到黑山鎮陪著張雯怡一起等死。

又磨蹭了一會兒，我這才不慌不忙的向由美的臥室走去。

剛一到門口，臥室的門立刻打開了。

渾身洋溢著幽香的由美，出現在我眼前，她穿著絲質睡衣，一邊用毛巾擦拭頭髮，一邊衝我露出甜美又充滿誘惑的笑。

「你來啦？」她挽住我的手，將我拉到床沿上坐下，這才問：「要不要先喝點什麼？」

「不要。」我紅著臉說：「其實我來這裡，是想問有關——」

由美用食指按在我的嘴唇上，輕輕搖了搖頭，「不准你說這麼掃興的話，要知道，這可是人家的第一次！」

「什……什麼第一次。」我不由得結巴起來。

她用雙手從身後抱住我，將豐滿動人的胴體緊貼在我背上，我只感到有兩顆碩大的柔軟物體緊緊壓著背部，一股舒服的酥麻感頓時充斥了全身。

她輕輕的對著我的耳洞吐出一口氣，我不由得顫抖了一下，由美頓時笑了起來。

「你好敏感。」

她一邊笑著，一邊將雙手伸進我的睡衣裡，在我的身上不斷遊走。

我大為發窘，大腦再也保持不了平靜，只是有個聲音一直在提醒自己，千萬不能再深陷下去，不然一定會被這個女人給玩死的。

理智！一定要理智！

我一咬牙，甩開她的手，從床上站了起來。

但由美明顯會錯了意，她微微一笑，順勢躺倒在床上，凌亂的睡衣，鬆散的半遮著她修長的身體，上身的開口處，幾乎已經露出了半個雪白的酥胸。

面對這個我想吃又不敢吃的橫陳玉體，只能暗自吞下口水，用力拍了她的臀部一下，接著淡然說道：「我來是為了看妳是不是履行了我們之間的協議。」

「我正在履行啊。」由美坐起身，將下巴倚在我的肩上，然後柔軟的嘴唇，又尋上了我的脖子。

我努力抵抗著誘惑，強壓住狂跳的心臟，儘量平靜地說：「兩天了，妳究竟查到烏薩在什麼地方了沒有？」

由美全身一頓，她狠狠在我的手臂上咬了一口，這才裹了裹睡衣走下床來。

「我兩天前動用了高橋集團所有的管道，幫你這個不解風情的傢伙找那鬼地方。」

她倒了一杯可樂輕輕品了口，繼續說道：「但是什麼都查不到，你真的確定烏薩是日本的地名嗎？」

「絕對肯定。」我信誓旦旦地點頭。

由美大為好奇地問：「你是從哪裡知道這個地名的？」

我全身如同被電擊一般，猛地呆住了，對啊，怎麼一直以來，我都沒有想過這個問題！如果早想到，自己也就不會繞那麼多彎路了。

「你怎麼了？」由美關切地搖了搖我的肩膀。

我立刻抓住她的手，大聲囑咐道：「由美，烏薩的事情暫時放到一邊。妳幫我查一個叫做高永尾吉的男人，我只能提供一個線索，就是他曾經寫過一本《超能力編年史》的書。」

「沒問題，我明天就交代下去。」由美點點頭，又不懷好意的衝我笑了起來，「好了，現在公事交代完了，我們是不是應該繼續剛才的私事？」

就在我正要找藉口準備開溜的時候，忽然一陣慘叫，打破了這個原本寂靜的夜晚……

沒有人知道，那個慘叫聲就是一連串悲劇的開始。

有什麼東西已經鎖定了這個受詛咒的家族，它用陰冷的目光盯著我們的一切，然後慢慢地等待著……

□

聽到叫聲的我，第一時間向門外去，由美立刻跟了上來。

「由美，那個聲音是從什麼地方傳出來的？」我邊跑邊問。

她思忖了一下，答道：「應該是偏屋的客房方向，我記得住在那裡的只有三元。」

當我們到了那裡時，客房門前已經圍了一大群人。

屋裡的慘叫聲依然在持續著，讓人想像不到，三元乾瘦的身體裡，居然隱藏著那麼大的肺活量。

大井正用力地撞著房門，但看起來他實在不是幹這行的料，撞了老半天，門依然好好的關著。

我不耐煩的從對面拿來安全斧，幾下將門鎖砸爛，然後一腳踢開門。

只見三元滿臉驚恐地蜷縮著身體，躲在牆腳裡，滿屋子都是惡臭，有沒有搞錯，究竟他看到了什麼，居然會被嚇成這樣！

「給他一杯威士忌，然後帶他去洗個澡，等安靜下來了，再通知我們。」我轉頭叮囑道，有兩個侍女微微向我欠身，一個去倒酒，一個將他扶了起來。

又折騰了好一會兒，三元才從癲狂的狀態中平復下來，但就算這樣，坐在客廳沙發上的他，依然全身都在抖著，連酒杯也拿不穩。

接著，我們耐心的聽他講述起不久前遇到的那場恐怖經歷。

原本幾分鐘的事情，在他斷斷續續的描述裡變得冗長起來，講到有些地方，他甚至滿臉恐懼，從嗓子裡發出一陣怪異的「哧哧」聲。

我們耐著性子，花了好幾個小時聽他反覆抱怨、咒罵，最後好不容易才聽出個所以然來。

「抱歉，你說的太過離奇了。」我輕輕搖晃著手裡的高腳杯，淡然說道。

「你不信？」三元紅著眼睛，滿臉憤怒地盯著我。

我不置可否的笑了笑，說道：「我有幾個疑問。首先，你說客房裡的燈突然熄滅了。但據我所知，高橋家主屋和偏屋的供電是同一條線路，如果客房電路出現問題的話，沒理由主屋會沒受到任何影響。

「可剛才供電一直都很穩定，電燈就連輕微的閃動都沒有。」

我喝了一口紅酒，繼續說道：「再來，你說曾下過雨？但你仔細看看。」我一把拉開窗簾，夜空露了出來。

只見漆黑的天幕上，炯燦的繁星，如寶石一般鑲嵌在黑幕中，一閃一閃的，就像在嘲笑著大地上疲倦而又不知道自己疲倦的人。

「不可能！剛才明明有下雨！」三元站起身，神經質的大叫著。

「那我們去你房間外看看吧。」

我不願和他辯解，領著所有人到了偏屋客房的窗下，那裡的天空就和其他地方一樣，並沒有任何下過雨的痕跡。

我從地上隨意抓了一把土，湊到三元的眼前說道：「你看，這裡的土是乾燥的，就算你的房外有下局部雨，那麼土也應該會被雨滲濕，這說明什麼，你應該不會不知道吧？」

三元全身僵硬，身體又不由得抖了起來。

「接下來，我們一起到你房間裡看看。」我輕輕拍了拍他的肩膀，然後走上了樓梯。

進了客房，我將窗戶拉開，用手電筒往外照了起來，仔細觀察了附近的情況，我頓了頓，又說道：「三元先生，你剛才說過有個黑影想要打開窗戶擠進來？但這實在不合乎邏輯。

「首先這裡是三樓，四周也沒有可以攀爬的地方，就算那個傢伙用的是梯子，但想要打開窗戶，也一定會踩到窗戶底下的簷上邊，可是你看看……」

我將頭伸出窗外，朝下指了指，說：「你看簷上邊，那些被粗心的下人偷工減料，沒有認真打掃而累積下的灰塵，還好好的在上邊，簷上也沒有留下任何痕跡。所以，我想你今晚看到的一切，全都是幻覺。」

三元痛苦的抱著頭跪倒在地上，他的身體開始抽搐，嘴裡喃喃大吼著：「我沒有發瘋，我真的看到了！我是真的看到了，我還看到有個小孩緊緊地趴在我背上，他用手掐住我的脖子，想要殺死我！」

「這種情況更好解釋！」

我的語氣冷了起來，絲毫不帶憐惜的說道：「三元先生，我曾聽說你是日本金融界有名的花花公子，身旁的女人一定不少吧！你強迫過多少懷了你孩子的女性，將胎兒打掉呢？」

「不知道！我沒有！從來沒有！」三元的神經開始崩潰了，他的喉嚨裡不由得發出一種難聽的嗚咽聲。

「每個人多多少少都會有一點良心。」

我蹲下來，直視著他那雙已經失去了神采的眼睛，沉沉地說：「或者是你的良心在作祟吧，又或許那些打掉的胎兒一直都是你內心的隱患，再加上最近三元家的財務出現危機，你害怕銀行強行接管三元集團，到時候你就什麼都沒有了！

「過大的壓力，再加上許多因素的作用下，讓你患上了突發性精神病，也讓你看到了幻覺，你所謂背上的孩子，從心理學上講，應該就是你害怕的東西。」

「我沒有！」三元大叫著。

「你有！你就是在害怕。」我的聲音也大了起來，「你害怕那些被你害死的胎兒，有一天會回來找你！」

「不是！」

我冷哼了一聲，淡然道：「三元先生，我建議你抽時間去看看心理醫生，或者嘗試森田治療法，那應該對你很有幫助。」

把他一個人丟在客房裡，我和由美走了出去。

「沒想到你的嘴這麼厲害。」由美欽佩地說。

我微微一笑，「是不是開始覺得和我交易完全是賺到了。」

「那倒沒有，只是人家對你越來越有興趣了。你真的還不到十八歲嗎？怎麼做事比八十歲的人還狡猾和老練！」

「妳這算是讚美嗎？」我苦笑一下，飛快衝四周望了望，然後壓低聲音問道：「三元那件事是妳搞的鬼吧？手段夠高明，妳究竟是怎麼弄的？」

由美滿臉詫異的望著我，說道：「我沒有啊，剛才聽到他的驚叫聲，我自己也是嚇了一跳。雖然我是真想把他給嚇個半死，但絕對不是現在，這個時候嚇走他，對我沒有任何好處。」

我一愣，然後皺起了眉頭。

她說得很對，現在趕走三元確實沒有好處，而且還會給她帶來麻煩，以由美那麼精明的人，應該不會做這種蠢事。

那三元遇到的就是真有其事了？還是，那只是他做的戲？

如果那傢伙有那麼深的城府和演技，由美這小妮子麻煩就大了。

突然，我感覺自己似乎忽略了什麼東西。

我思忖了一下，等大井等人跟上來，問道：「你們有沒有誰看到上杉先生？」

「沒有，上杉先生一直都待在自己的房間裡沒有出來過。」身後的一個侍女恭敬地答道。

「剛才那麼大的騷動他也沒出來？」

「嗯。」侍女點點頭。

一絲不安的感覺浮了起來。

「糟了！」我拔腿就向上杉保所在的客房跑去。

只見上杉保的房門輕輕的掩著，推開門，立刻便有一股陰冷的涼氣迎面撲過來。

上杉側躺在床上，似乎熟睡了的樣子。

高橋由美撇了撇嘴，輕聲道：「你太多心了，他不是睡得好好的嗎？」

「不對，我還是有種不安的感覺。」

我的神色凝重起來，慢慢地走到床邊，伸出手想要將他搖醒，就在手接觸到上杉身體的一剎那，我感到了一股十分陰寒的氣息。

上杉的身體再無法保持平衡，瞬間平躺到床上，頓時，所有人都驚呆了，有人甚至恐懼得大叫起來。

只見他的眼睛睜得斗大，死死地盯著窗戶的位置，嘴唇沒有絲毫血色，驚恐莫名的臉上更鋪了一層薄霜。

他，早已經死了……

第七章 線索

這個世界有無數的偶然，同樣，也有無數的必然，但沉浮於這個塵世間的人們，卻難以分清偶然或者必然的東西。

有些人甚至將其歸納為「機率論」，早在兩千多年前，古希臘就有學者留下了自己的觀點。他認為，凡是相同的事情，超過三次，就會稱為必然；而兩次以下，就只能算是偶然。

關於這個論點，我一向都是嗤之以鼻，偶然這種東西是不能用發生機率來測算的，否則那還叫做偶然嗎？

而且退一步來說，只要有我在的地方，就會發生奇怪的事情，從小就是如此，如果採用那位學者的觀點，難道這也是必然，或者說是佛家所謂的命運？

從前我絕對不相信，但隨著自己遇到過的怪事越來越多，我的信念也開始慢慢動搖起來……

員警很快就到了，他們迅速的封鎖現場後，開始一個接著一個向我們問話。

接著，法醫到了，那個微胖的中年法醫認真檢查著上杉的屍體，沒過多久便和刑事課的人小聲嘀咕起來。

我一邊裝作若無其事的樣子，一邊豎起耳朵，仔細的留意他們之間的對話。

「根據初步檢查，我認為死者是因為長時間暴露在極冷的環境下造成心臟痲痹，換言之，他是被凍死的。」法醫擦了擦額頭上的汗。

「太古怪了，這種悶熱的天氣，居然會有人凍死！」刑事課的人嘖嘖稱奇。

「還有一點更奇怪。」法醫將聲音壓得更低了，「死者的瞳孔有放大現象，根據他死亡時的情況，我懷疑他在死前看到了某種東西，導致他恐懼得昏迷過去。

「當然，他真正的死因，我還需要回去詳細的解剖才知道。」

「那就麻煩你了，一有進展，請立刻通知我們。」

負責的那個員警說完，便向由美走去，他又是點頭又是哈腰的說了幾句話，然後抬著屍體走人了。

「他說了什麼？」我小聲問。

由美不屑地說道：「還不是那些早就被無聊連續劇給拍爛了的公式化詞語，他要我轉告你們，如果最近要離開大阪的話，請事先通知警察局。

「還有這個房間，他們希望保持原樣一陣子，不要讓人進去，以免破壞了現場。」

「果然夠無趣。」我飛快地往客房裡看了一眼，又道：「妳能不能利用妳的人脈，將上杉的驗屍報告影印一份給我。」

由美滿臉愕然的看著我，似笑非笑地問：「可以倒是可以，但你管那麼多幹嘛？

難道那傢伙是你幹掉的？」

「當然不可能了！」我瞪了她一眼，「只是很奇怪罷了。他的死因有許多可疑的地方，我剛才聽說，他可能是被凍死的！」

「他是被……凍死？！」

由美的臉色頓時變得煞白，身體一軟，幾乎跌坐在了地上。

我急忙伸手扶住她，她頓時像找到了救命稻草一般，緊緊把我抱住，將頭深埋進我的胸前。

不知為何，她的身體不住的顫抖，就像遇到了什麼極為恐怖的事情一般。

「妳怎麼了？」我輕輕搖了搖她，卻被她抱得更緊了。

過了好一會兒，由美才滿臉驚恐的抬起頭，目光渙散的喃喃說道：「她回來了！一定是她回來了！我們全部都要死，沒有人可以逃掉！」

「誰回來了？」我用手捧住她的臉，大聲問道，但由美眼睛一翻，就那麼暈了過去。

我無奈地將她抱回臥室。

只今天一晚上就發生了那麼多事，真是煩得我頭都大了起來。

剛剛被員警問完話後，三元死也不願再住在這裡，連夜開車回家去了。

不過大井依然執意留下來，他滿臉鎮定，一副見慣不驚的樣子，看得我又是一陣疑問連連。

究竟上杉是怎麼死的？

當時我在房間接觸到他身體的那一刻，確實感覺到冷得驚人，就像才從冰箱裡拿出的凍肉一般，客房裡的冷氣應該不可能達到那樣的效果，何況門還是虛掩著，並沒有關嚴……想不通，實在想不通。

我用力撓了撓頭，正準備回自己的房間睡上一覺，順便整理凌亂不堪的思緒，一隻手臂突然拉住了我的衣角。

我一回頭，正好碰到由美怯生生的眼神。

「我害怕，留下來陪我好嗎？就陪一小會兒！」她楚楚可憐的小聲哀求道。

唉，上帝啊，為什麼你對我這麼殘忍？面對如此一個尤物，想吃又害怕她有刺，怕被卡住喉嚨弄得半死，不敢吃，卻又要時時抵禦她有意無意的撩人誘惑，嗚，我實在是太可憐了！

內心掙扎了好久，我終究還是留了下來。

關掉燈，由美豐滿的身體像貓一般的蜷縮進我懷裡，甜甜地閉上了眼睛。

我全身僵硬地躺在床上，一動也不敢動，更不要說做出什麼大的動作，就怕一不小心有了反應，那我就真的完蛋了。

多事的夜晚，終於徹徹底底安靜了下來。

遠處，蟬開始鳴叫，發出令人心煩的枯燥噪音。

我試著閉上眼睛，卻感覺身體的神經更加敏感起來。

由美全身散發著女兒家健康的馨香，她輕微的呼吸不斷撫在我的下巴上，癢癢的，再加上她有意無意的亂動，害我原本就很混亂的思緒更加混亂了。

「你睡著了嗎？」

黑暗中，由美那略帶沙啞的甜美聲音，輕輕響了起來。

「睡著了。」我低聲回應道。

「騙人。」她翻了個身，將我按倒在床上，然後低下頭尋上了我的嘴唇。

她瘋狂的用自己柔軟的舌頭在我嘴裡攪動著，搜索了每一個角落，然後用牙齒輕輕的咬住我的舌頭，用力的吸吮起來。

這個令人頭昏目眩的吻不知持續了多久，由美喘著氣，將頭倚在了我的胸上。

「如果我告訴你，高橋家從很多年前就受到了詛咒，你信不信？」她伸出手輕輕撫摸我的臉頰說道。

「我信。」我毫不猶豫地答道。

由美突然大笑起來，笑得全身都在顫抖，「你這個人真的好奇怪。如果是其他人的話，不但不會信，而且還會認為我是神經病。」

「這個世界上，原本就有許多現代的科學知識無法解釋的東西。」我淡然道。

由美幽幽地嘆了口氣，「如果早一點認識你就好了。哈，我真的很好奇，你父母是個什麼角色，居然能生出你這種怪胎出來。」

我微微一笑，「如果真讓妳知道了，妳一定會很失望。我爸只是個暴發戶，而我媽是個理髮師，不過根據遺傳學理論，既然他們能生出我這麼聰明又英俊的優良品種，他們本身也不會很差。」

「吹牛，明明就是老奸嘛！」她又笑了起來。

我抓住她柔軟纖細的手，大為好奇的問道：「妳說高橋家族受了詛咒？那到底是怎麼回事？」

「是特異功能。」由美的語氣頓時冷漠了起來，「高橋家的血緣裡，似乎隱藏著什麼東西，會讓家族裡時不時的出現特異功能者，我爺爺就是一個典型的例子。

「在幾十年前，高橋家還不是什麼名門望族，只是漁村裡一個小小的家族。其實說那是家族，也有點言過其實了，那個所謂的家族，只不過是由三個人組成。我曾祖父、曾祖母，還有我爺爺。」

由美抬起頭，她的明亮的眸子裡反射出淡淡的光芒，「準確的說，高橋家是從我爺爺那一代開始發跡的。哼，外邊有許多人都在猜測，我們家族的第一筆原始資金是從哪裡來的，他們永遠都不可能猜得到，那全都是爺爺透過股票和走私賺來的。

「其實開那個所謂的進出口貿易公司，原本就是為了更方便的走私。」

她舔了舔嘴唇，身體又開始顫抖起來，「爺爺有一種能力，他似乎可以預見未來。我在小時候曾經看到過，他端坐在書房的椅子上，眼睛全神貫注的盯著一張白紙，過不了多久，白紙上就會莫名其妙的出現一排排的字跡，說的全是幾天後才會發生的事情。戀衣姐姐似乎也有相同的能力。

「其實，我一直都很怕戀衣姐姐。」由美苦笑了一聲，「因為我從來就沒有看她笑過。戀衣姐姐很像傳說中的雪女，從小到大都是一副冷冰冰的樣子。看到她的臉，就連心都像是會被凍結。

「但就是那個女人奪走了我所有的幸福，家族所有的人都圍著她轉，每個人都努力的討好她，就連爺爺和父親也是，沒有人理會過我，而戀衣姐姐也總是理所當然的享受著一切，我恨她，恨不得將她殺掉……」

由美的話開始模糊，然後變得越來越低，最後完全停了下來，正聽得好奇心大熾的我低下頭，卻發現她已經沉沉的睡著了。

唉，女人果然是難以捉摸的動物，不過沒想到高橋家居然還有這樣的內幕，嘿，真是越來越有趣了。

□

「每個人的內心都有陰暗的一面，相對的，一個人能承受罪惡感的程度越高，他的行為也就越邪惡。但是任何東西都有其底線，如果超過那個底線，長期壓抑在心底的罪惡就會爆發出來。」

上面這段話，出自於英國一位心理學大師。

我不知道由美罪惡感的底線在哪裡，但至少現在的她還很正常。或許將深埋在心底的秘密說出來，也是一種降低罪惡感的方法吧。

以後的幾天都風平浪靜的過去了，什麼事情也沒有發生，我也樂得輕鬆，每天都懶懶地賴在游泳池邊享受陽光，大井也漸漸和我混熟了，大家一邊喝紅酒，一邊大聲調侃著葷葷素素的笑話。

當然，我也常常瞅準他身心最放鬆的時候大打擦邊球，不斷詢問他一些事情。可那傢伙口風不是一般的緊，而且反應十分敏銳，每當我就要問到關鍵的時候，都會被他輕鬆的轉開話題。

切，真是隻老狐狸。

這天，正當我擦完防曬乳液，準備舒服地躺在椅子上睡個午覺時，由美走了過來。

「你要我幫你查的那個人，我查到了。」她將嘴湊近我耳畔輕輕吹了一口氣。

我頓時激動得跳了起來。

「快給我！」我用力抓住她的手，大聲叫道。

「那你要怎麼感謝人家？」由美嘴角含著狡猾的笑意。

「那不是我們的協議嗎？」

「你這人真沒情趣！」

她發嗔的嘟起嘴，將藏在身後的那一大疊資料向我砸過來，然後賭氣似的鼓住雙腮，偏過頭故意不再理會我。

我毫不在意的撿起資料，仔細看了起來。

高永尾吉，生於明治十三年的山形縣，讀過幾年書。

父母開了一家壽司店，他十六歲繼承家業。

在二十三歲的時候，高永尾吉莫名其妙的迷戀上超能力的研究，然後不顧家裡的反對，於明治三十八年，毅然投入在當時日本超能力研究界的權威福來友吉博士門下。

他曾經跟隨自己的導師參與過超能力者御船千鶴子的透視試驗，和超能力者長尾郁子的文字投射試驗。

兩次試驗失敗以後，導師福來友吉博士開始鬱鬱寡歡，甚至對自己充滿了懷疑，最後頹然結束了對超能力的研究。

然而高永尾吉卻沒有放棄，依然執著的大量收集關於超能力現象的資料，終於在他七十餘歲高齡時，透過一間小型出版社，出版了他用盡一生心力撰寫出的《超能力編年史》。

不過很可惜，那本書並沒有在學界受到任何重視，以至於高永尾吉上吊結束了自己的生命，享年七十三歲。

我愣愣地看著這一篇像是自傳前言的數據，略微不滿的問：「這算什麼東西？」

由美哼了一聲，賭氣地說：「就是你眼睛看到的東西。」

「這些東西根本就沒有任何用處嘛！」我大為不滿。

她的聲音頓時高了起來，「這就是你要我查的東西，我現在幫你找到了。你還有什麼不滿的？何況，我又不是你肚子裡的蛔蟲，怎麼可能知道你想要什麼！」

我一愣，無可奈何地低下頭，不再言語。

這次確實是自己無理取鬧，而且，這篇簡介也並不是完全沒有用處，至少讓我系統的瞭解了高永尾吉的為人。

只是沒想到，他居然還和那位研究日本靈異現象的佼佼者福來友吉博士扯上了關係，看來他也不是個一般的人。

「那個……我順便也幫你找出了福來友吉的資料，就在後邊。」由美見我不說話，以為我生氣了，語氣不由得軟了下來。

我點點頭，開始漫不經心的翻查起那位著名博士的資料，突然，我驚呆了！

那篇資料裡出現了兩個名字，一個叫陸平，一個叫李庶人，他們都是當時跟隨著福來友吉研究超能力的華裔學者。

對於這兩個名字，我當然很熟悉，甚至一輩子都忘不掉。

十多年前，陸平這個人曾經花費鉅資，在我生活的小鎮上大修土木，甚至建起了六棟標誌性的建築。

但不知道他出於什麼目的，居然將它們排列為白色五芒星的形狀，也就在五芒星中間的那棟建築物裡，一共慘死了一百三十多人，那也是我找到第一個黑匣子的地方。

而李庶人這傢伙就更奇怪了！

他永遠都一副二十多歲的樣子，似乎可以不老不死，就因為對他產生了濃厚的好奇心，我才會找到第二個黑匣子，也倒楣的被詛咒了，害得自己一天到晚都要將床拖到可以用腳朝著門的位置，不然一睡覺就做惡夢，而且還每天都心驚膽跳的，害怕某一天，夢裡的夢魔會悄悄跑出來，割去自己的腦袋……

我曾偷偷地溜進表哥夜峰的辦公室，查過李庶人的驗屍報告，上邊有提到李庶人至少八十歲了，但沒想到不只是李庶人，就連那個陸平也能不老不死。

我一邊掰手指，一邊算著。

日本的明治時期，是從西元一八六八年開始的，他們兩個從明治三十三年就跟著福來友吉博士，也就是說他們的年齡早已經超過了一百歲！

天哪！究竟那個時期發生過什麼事？難道他倆本身也是超能力者嗎？

還有，那些黑匣子究竟和他們有什麼關係？

我感覺黑匣子的主線已經漸漸地被自己接觸到了，但那只是個非常模糊的概念。由於自己收集到的資訊實在太少，使我無法進行判斷。

我思忖了一下，偏過頭問由美，「關於超能力的事情妳知道多少？」

「不會比一般人多。」她微微回憶了一下，「雖然現在有許多人認為，平安時代的陰陽師安倍晴明就是超能力者。但是要說日本近代的話，最出名的超能力者就只有兩個，而且都是女性。

「一個叫御船千鶴子，她生於明治十九年，據說是個透視特異功能者。在明治四十一年夏天的時候，她因為哥哥的一場誘導催眠實驗，利用透視的超能力，找到一只掉進海裡的金戒指，從此聲名大噪，隨後贏得了『千里眼千鶴子』的稱號。當時有人甚至相信她能和海怪交談。

「第二個是生於明治四年的長尾郁子，據說她是日本首位能利用特異功能，將自己腦裡所想畫面及文字，投射在影像底片上的能力者。」

我點了點頭，「她們兩個的事情我也很清楚，不過這兩位奇人的結局都很淒慘。

「原因是她們都遇上了超能力狂熱者福來友吉博士。他為了證明世界上有特異能力的存在，不惜在御船千鶴子身上下工夫，把她拿來當成自己最佳實驗戰利品，讓御船千鶴子成為媒體矚目焦點。

「在明治四十三年九月十五日那一天，他召集了數百位學者進行實驗，並要求御船千鶴子在沒有被告知的情形下，從一千個文字當中挑三至五個單字，然後再去對照學者所準備的五十組成語。

「御船千鶴子順利的利用透視能力三次成功地答對了單字，讓現場所有人都傻了眼，但因為她是背對著所有的人，而讓那些頑固不化的知識份子懷疑她在暗中動了手腳，隔日的報紙更無情地指稱她為詐欺師，當時年方二十五歲的千鶴子，因為受不了媒體的批判，憤然飲下毒藥自殺了。

「而福來博士在御船千鶴子的實驗失敗後，十分不甘心的他，又於明治四十三年找上了當時三十九歲的長尾郁子。

「郁子也是經由福來博士的種種實驗喧嚷，在媒體面前展現過許多次不可思議的特異能力，但就在明治四十四年一月八日的一次實驗上，她的手法遭人非議，於同年二月因為受不了心臟疾病之苦，最後步上御船千鶴子的後塵。」

由美神色黯然起來，她幽幽的嘆了口氣，輕聲道：「其實她們的慘死真的不能怪福來友吉博士，是她們自己心理承受能力太弱，受不了別人的猜疑和輿論的指責。其實，她們也是那個封閉的時代的受害者而已……」

「誰知道呢……」我也不由自主的嘆了口氣，突然想到了什麼，說道：「記得在高永尾吉撰寫的《超能力編年史》裡邊，曾經含糊不清的提起過兩次試驗失敗後，福來友吉博士曾經暗中進行過第三次不為人知的試驗，受試者依然是位女性。

「據說她擁有用意念將文字顯示在白紙上的能力，卻自始至終都沒在自己的書裡提到她的名字。

「還有一點我很在意，就是關於長尾郁子的死因，高永尾吉一直都用曖昧的語調，強調她並非死於心臟病，而是猝死的。究竟是什麼原因，他沒有很清晰的寫出來，只是說她的死充滿了神秘色彩，似乎是人為的……」

由美大為驚訝，「是人為的？那到底是怎麼一回事？」

我搖了搖頭，「那似乎和福來友吉的另外兩個弟子有關，也就是妳給我的那份資料上提到過的華裔學者，陸平和李庶人。」仔細想了想，我又說道：「我到日本的目的也和他倆有很大關係。」

「對了。」由美從身後將我抱住，「說起來你究竟到日本來幹什麼？以前我問你，你不是很沒誠意的推說僅僅是為了觀光，就是隨意用一些極為僵硬的笑來填塞我的好奇心，這次絕對要告訴我，不准撒謊！」

我轉過頭去凝視她明亮的雙眸，內心掙扎了很久，最後決定說實話：「是為了黑匣子。」

「黑匣子？飛機上的那種嗎？」

「當然沒有那麼高科技，是真正的黑匣子。」我笑了起來，帶她去我的房間，從背包裡拿出那兩個黑匣子遞給了她。

就在由美的視線接觸到黑匣子的一剎那，我感覺她全身明顯的顫抖了起來。

我立刻抓住她的肩膀，激動地問道：「妳知道這個東西？」

由美死死地盯著黑匣子，先是滿臉的震驚，然後又迷惑起來，眼神也變得空洞沒有了神采。

「這樣的東西，我好像在哪裡見過……」她喃喃的說著，伸手撫摸起黑匣子的外殼，那種輕柔的程度，就像在撫摸自己的情人。

「妳一定見過。」我的聲音因激動而低沉起來。

「我在哪裡見過？在哪裡……」由美突然將黑匣子扔在了地上，她恐懼地將頭深深埋進膝蓋裡，身體縮成了一團。

「妳怎麼了？」

我用手輕輕搖了她一下，由美頓時被驚嚇得大聲叫出了聲。

她狠狠地推開我，一邊慌亂的揮動著手臂，一邊向門外跑去，但還沒跑幾步，她全身一抖，倒在了地上。

她被嚇暈了。

我苦笑了一下，擺擺手將衝進來的侍女打發走，然後把她扶到了床上，又將黑匣子收了起來。

有問題，絕對有問題！

由美一定在什麼地方見過類似的黑匣子，而且還發生過一些令她恐懼得喪失記憶的事情。

不過今天確實收穫了不少，大腦也初步的做了一些推斷。

黑匣子很有可能是福來友吉、高永尾吉、陸平以及李庶人搞出來的東西，甚至和福來博士的第三個試驗有關。

但這樣的東西究竟還有多少？

究竟他們是用什麼方法、什麼材料製造出這種恐怖的東西的？

由美曾說自己的家族受到了詛咒，還說自己的家族裡時不時會出現超能力者，或許這一切也都是那個見鬼的黑匣子搞出來的吧。

我靜靜地守在由美身邊，飛快的整理著思緒，將腦中雜亂無章的東西全都重新流覽了一遍，但還有一些讓自己百思不得其解的疑問。

為什麼黑匣子會刻著「昭和十三」的字樣，既然他們都是明治時期的人，那當時為什麼不製造黑匣子？難道還會有理論或者技術上的因素，還是那套技術是直到昭和十三年的時候才被研究出來的？

既然陸平和李庶人可以變成人精，經歷百年的時間還是不老不死，那麼他們的導師福來友吉是不是也還活在這世界的某個角落裡？

而撰寫出《超能力編年史》的高永尾吉說不定也沒死，他只是用自殺來作為幌子，然後逃去了其他地方，過著另外一種人生？

唉，原本以為得到這麼多資訊的我，應該可以初步解開黑匣子的謎團了，但沒想到疑問反而更多了。

突然一道靈光劃過腦海，我猛地站了起來……

□

好不容易等由美清醒了過來。那小妮子似乎完全忘掉了自己發瘋的事，就連自己見過黑匣子的事情，也全都忘得一乾二淨。

她學著我撓了撓頭，大為迷惑的說：「我怎麼睡著了？」

「幫我訂一張去岐阜縣的機票，最好是今晚的。」我急匆匆地說道。

「你去那種偏僻的地方幹嘛？」由美大為驚訝。

我微微一笑，答道：「我終於知道烏薩在什麼地方了。」

「真的？」由美坐起身，好奇的問：「那個就連高橋集團的資訊管道都查不到的地方，你居然找到了？你是怎麼找到的？」

我得意的搓了搓手，翻開擺在桌子上的《超能力編年史》，說道：「這本書裡曾經兩次提到過烏薩這個地名，一次是說所有在那裡製造的東西都會印上Made in USA

的字樣，還有一次就是提到，他的導師福來友吉第三次試驗的時候，他曾一筆帶過，說是在烏薩那個地方。

「於是我稍微調查了一下福來友吉的事情，發現他兩次試驗失敗後，回到了自己出生的地方，岐阜縣的高山町，也就是現在的高山市。

「他一直居住在那裡，直到一九五二年因病去世，期間他沒有去過任何地方，也就是說，烏薩就在那裡！」

由美呆住了，思維一時沒能跟上來，「等等，既然烏薩這個地方那麼明顯，為什麼我死也查不到，而且幾乎沒人知道那個地方？」

「這個問題我也想到了。」我用手輕輕磕著桌面：「或許，烏薩這個地名只是暫時的叫法，也有可能那裡有生產極為機密的東西，國家為了保密，故意把這個地名遮罩了，然後對外宣稱另外一個名字。」

「就算你對吧。」由美皺了下眉頭，「那你需要走那麼急嗎？幹嘛今晚就要走？難道你討厭我？」

這是什麼唬爛問題？唉，女人果然是難以捉摸的生物！

我頓時苦笑起來，「當然不是，我只是想早一點解決自己的事罷了。」

「那我跟你去！」她毅然說道，甚至站起身，準備去收拾行李。

我急忙擺手，「不用了，高橋集團還有許多事情需要妳打理，妳不怕妳那些有心的叔叔阿姨們趁機擺妳一道嗎？」

這句實在話果然見效了。

由美苦著臉，咬住嘴唇思忖了好一會兒，這才為難的說：「好吧，放你一馬。我去叫下人幫你準備行李和訂機票。你要小心哦，聽說那裡很冷，注意保暖。」

她就像我老婆一樣，一邊嘮叨著一邊往外走，就要出門時像是想起了什麼，突然轉過頭，露出一抹怪怪的笑意，「一路上不准拈花惹草，還有，如果你敢一去不回的話，哼，就算翻遍全世界，我也會把你揪出來！」

我頓時打了個冷顫。

好可怕的女人，我以後的人生，不會被這麼可怕的女人給毀了吧……

第八章 失竊

當晚，我搭乘飛機，前往岐阜的高山市。

到達時，已經是凌晨兩點多了，我隨意到機場附近找了間飯店住下，倒在床上便疲倦得睡著了。

不知睡了多久，我迷迷糊糊地聽到有人在敲房門。

「誰啊？」

我一邊含糊不清地問道，一邊不情願地從床上爬起來。

打開門，卻驚訝地發現門外並沒有任何人影，長長的走廊空蕩蕩地橫在我眼前，在昏暗燈光的照射下，那條鮮紅的地毯顯得格外的刺眼。

「難道是我做夢做糊塗了？」我撓了撓腦袋，準備回床上好好的再睡一覺，就在轉過身的那一刻，我呆住了。

空洞的敲門聲又響了起來，一種陰冷的感覺，頓時充滿了全身。

「砰砰……」

敲門聲不斷響著，帶著一種令人感覺枯燥和恐懼的節奏。

我咬了咬呀，一把拉開了房門。

門外，依然什麼都沒有。

這到底是怎麼回事？難道有人惡作劇？

不可能，誰會那麼無聊？何況就算要惡作劇，那個小子也跑得太快了一點吧！從我的房門前，跑到可以藏身的拐角處，至少有三十幾公尺，而我從最後一次敲門聲到飛快的打開門，其間也只不過間隔了三秒而已。

這樣算下來，那傢伙一百公尺可以跑出十秒以下的成績，幾乎都要接近世界紀錄了，何況我根本就沒有聽到任何響動，更不要說是飛速跑動時發出的噪音。

難道這次也是自己睡迷糊了，將夢和現實攪和在了一起？

算了，明天到飯店的監控室，調出這個時段的錄影就清楚了。

我關上門向床走去，突然感覺一陣涼風撫在臉上。

窗戶，什麼時候打開了？

柔弱的清風，不斷吹動半拉開的窗簾，帶來了一種古怪的味道。

今天晚上究竟怎麼了？

我明明記得睡覺前窗戶還關得好好的，而且也鎖死了，為什麼現在卻是半開著？

我的記憶絕對沒有混淆，就算是自己記錯了，也不會傻乎乎的在開了冷氣的情況下，任窗戶敞開著吧！

突然記起了剛到奈良時的情況，那天晚上也像今天一樣怪異。該不是狐狸覺得在我面前嫁女兒很爽，跟著我跑到岐阜來，順便再嫁一次吧？

我下意識的將頭伸出去看了看天空，空氣很乾燥，很好，並沒有下雨。突然感覺到了什麼，我立刻打開燈，然後向床上望去。

還好，背包還安靜地躺在枕頭旁邊。

我走過去將背包提了起來，就在那一刻，我的全身僵硬了，接著，我瘋了似的將包包裡所有的東西全都倒在床上。

沒有！果然沒有了！

確定了無數次，最後我頹然跌坐在地板上。

包包裡的兩個黑匣子不見了。

是誰，在什麼時候將它們偷走的？我整理了一下混亂的思路，然後狠狠打了腦袋一下。該死，自己居然蠢得中了那種白癡程度的調虎離山計。

恐怕我早就被某些人盯上了，只是我笨到絲毫沒有察覺，那群人先是敲門來吸引我的注意力，趁我站在門前發呆的時候，悄無聲息的從窗戶外爬進來，從我的背包裡拿走了黑匣子。

如果我的猜測沒錯，那麼他們到底是什麼人？

這裡可是十五樓，想要從窗戶外翻進客房裡，幾乎等於是玩命，他們幹嘛花這麼大的精力來偷那兩個黑匣子？還有，他們究竟懷有什麼目的？

我惱怒的狠狠一拳砸在地板上，然後抱著發痛的手一邊狂跳，一邊大聲叫起來，幾近混亂的眼神，突然瞟到窗臺底下掉有什麼東西，我忍住痛將它拿了起來。

那是一張橢圓形的符紙，上邊畫有奇怪的動物圖案和一些怪異的文字。

我瞇起眼睛，神色頓時凝重起來，這符紙自己並不陌生，在找到第二個黑匣子的地方也有一張相同的，那是御史前的標誌。

□

所謂的御史前，他們是一種可以借用狐狸妖力的人類。

說起御史前的歷史，民間大概有兩種說法，一種說法認為他們是狐妖玉藻前留下的後代，可以借用妖狐的力量。

第二種說法說他們是供奉稻荷的巫女，又叫飯綱使或者管狐人，他們可以將老鼠一樣大小的妖獸，養在一支小管子裡，並能驅使牠們做任何事情。

我並不在乎哪種說法是對的，只是想拿回被盜走的黑匣子，總之睡意也完全消失了，我闖進飯店的監控室，要求警衛將剛才的錄影調出來給我看。

那個已經六十多歲的歐吉桑當然不肯，滿臉不耐煩的說不合規定。

我頓時火冒三丈，大叫道：「我的東西就在客房裡被人偷走了，這筆帳該怎麼算？」

那警衛理直氣壯地說道：「我們提醒過旅客要將貴重物品寄放到寄物處。」

我冷哼一聲，衝他擺了擺手，「我懶得和你說，叫你們經理立刻過來。」

「先生，你根本就是在無理取鬧！」那歐吉桑也有點生氣了。

我一把拿起電話，直視他的雙眼，說道：「要不要我幫你叫？」

警衛狠狠地盯了我一眼，然後接過電話衝裡邊大聲喊了幾句。不一會兒，經理氣喘吁吁地推門走了進來。

「先生，請問您對我們的服務有什麼不滿意？」他也是滿臉不耐煩，公式化的詢問道。

「這家飯店屬於高橋集團的吧？」我慢悠悠地問。

「沒錯。」經理點點頭。

我微微一笑，從口袋裡拿出一張卡遞給他。

那張卡是我臨走時由美硬塞給我的，說如果缺錢用的話，就隨便去找一家高橋集團旗下的子公司，他們會立刻答應我的任何要求。

果然，那個剛才還趾高氣揚的經理，立刻大汗淋漓，他從上衣口袋裡拿出手帕，不斷擦著冷汗，又將那張卡看了一遍又一遍，最後深深向我鞠了一躬，高聲喊道：「不知執行總裁大駕光臨視察，不當之處，請多多包涵！」

站在一旁原以為可以看到好戲的警衛，立刻傻了眼。

我故意指了指他，說：「這個警衛的態度似乎很惡劣啊，你們究竟是怎麼對待客人的？」

經理大為惱怒的衝警衛喊道：「崎藤一郎，從明天起你不用來了。你被解雇了！」

那個歐吉桑險些哭了出來。

我興致滿滿地看著這齣戲，感覺氣也出得差不多了，深吸一口氣，我平靜地說道：「算了，這次我不計較。你是崎藤一郎是吧，現在可以調出剛才的監視影像了吧，我住在十五樓的十七號房。」

看完錄影後，我在飯店經理的恭送下回了房間，躺到床上，我又開始慢慢回憶起來。

根據紀錄，我的房門前一直沒有任何異常，從我入住，到我聽到敲門聲猛地打開門，十七號房的門前都沒有任何人停留過。

或許，那場偷竊真的不是人為的，難道會是御史前驅使狐妖幹的？

如果真是這樣，反而可以解釋為什麼從裡邊鎖好的窗戶會被打開，然後悄無聲息地偷走了我背包裡的東西。

據說狐妖用肉眼是看不見的，而且它們還有見縫插針的能力，不論多小的縫隙都能擠進去。

雖然至今人類都不能證實它們是否存在，不過在日本的東北，確實有飯綱使的巫女存在，這是不爭的事實。

但御史前為什麼會盯上我？他們和黑匣子有什麼關聯？還有最重要的一點，他們是怎麼知道黑匣子在我身上的？

知道這個秘密的人，在日本只有兩個，一個是我，一個是由美。

難道是由美告的密？

我用力搖了搖頭，想要將腦中的疑惑統統甩開，但終究還是做不到。看來明天我真的有必要去高山市附近的稻荷神社拜訪一下了……

□

稻荷是供奉狐狸的神舍，日本的狐狸信仰，大概可以追溯到平安時代或者更早以前，許多人都認為，狐仙是主管農業和商業的神，或許這樣的信念是來源於散佈在日本各地約八萬多間的稻荷神社吧。

一大早，我就找來經理，詢問有關附近稻荷神社的事情。

飯店經理立刻派人去查，不久後便拿了一大堆資料，我略微翻看了一遍。

高山市的稻荷神社大概有十九處，不過規模都很小，大多都只有一個神龕。不過東邊的森林裡，倒是有個很大的神社遺跡，我頓時對那個遺跡產生了濃厚的興趣。

試想一下，如果我是老遠從東北來的巫女，又懷有一些不可告人的目的，雖然也可以明目張膽的住在旅店，甚至於目標所在的飯店裡，但這樣做，還是有遭人懷疑的可能性。

如果作為集合地點，當然會選一個十分隱密，而且人煙又少的地方，這樣的話，那個遺跡就很有利用價值了！

我又思忖了好一會兒，確定有很大的可能性後，這才去超市買了一大堆東西塞進背包裡，然後朝遺跡走去。

那個地方是我現在唯一能找到的線索，如果自己猜測錯誤的話，或許離失竊的黑匣子也會越來越遠，甚至永遠都無法再找回來，到時候也只能認命的帶著張雯怡，到某個沒人認識的城市，然後兩人抱成一團，蜷縮在床上等詛咒發作，看誰先被夢魘砍掉腦袋。

白天過去，夜，慢慢降臨了。

黑暗籠罩了整個廢墟，偌大的狐狸雕塑佇立在殘破的大廳裡，顯得格外詭異。

我躲在陰暗處，揉了揉早已麻木的雙腿，已經在這裡埋伏了整整一天，帶來的零食也被自己消滅了一大半，沒想到連鬼影子也沒等來一個。

我深吸一口氣，朝嘴裡猛灌了一大口飲料，然後抬起頭，透過塌掉的屋頂，望向天空。

這裡果然是郊區，沒有受到污染的天空，美得一塌糊塗。

明月高掛在天幕上，月暈也很明顯，折射出一種混沌的混亂色彩。星星很少，只有幾顆三級星在放射著黯淡的光芒。

真的好美！尤其是在不知道何時會猝死的我的眼中看來，許多平凡的一切，都突然讓人產生了留戀的感覺。

哈，沒想到就如我這麼理智而又厭世的人，其實也是懼怕死亡的……

正當思緒沉醉在那個沒有喧嚷的外太空時，一陣腳步聲由遠至近傳了過來。我的心臟頓時提到了嗓子眼，神智清晰，耳朵機警地傾聽著任何一絲響動。

那人似乎很躊躇，他不斷徘徊在神社廢墟的入口，然後出乎我意料之外的大聲喊了起來，「夜不語，我知道你在裡邊，快點出來，有個人想見你！」

那是個十分甜美的女聲，那種溫柔中有帶著一絲冰冷的聲線，我似乎在哪裡聽過。就在自己下意識的想回答時，腦中突然發出一個訊號，我立刻硬生生的將衝到嗓子眼的聲音吞了下去。

好險，差些就打草驚蛇了！

那個女孩等了一下，見沒人附和她，便又大叫道：「夜不語，你這傢伙快點給我出來。不然我就把你的黑匣子丟進海裡。」

有沒有搞錯，她居然連黑匣子的事情都知道？難道這個小妮子就是從東北來的御史前，也就是她偷了我的黑匣子？

我再也忍不住了，連滾帶爬從藏身的地方跑了出去。明亮的月光下，只見一個身材極好的女孩站在不遠處，她看著我慌慌張張狼狽不堪的樣子，不由得露出了一絲淺笑。

當我的視線接觸到她美得無法形容的臉龐時，立刻驚訝的呆住了。

我只感到全身僵硬，大腦裡一片空白。

那個女孩自己並不陌生，那樣的笑容，還有那種嬌嗔的表情，微微噘起的豐滿嘴唇……那不就是狐狸嫁女時，我撿到的女孩嗎？

「怎麼，見到我很意外嗎？」那女孩用明亮的雙眸凝視著我，向前走近幾步，似乎想要讓我更清楚地看到她。

我好不容易才理順混亂的思緒，沉聲問道：「是妳偷了我的黑匣子？」

「要這麼說也可以。」女孩毫無畏忌的點點頭。

「哼，沒想到妳居然會是御史前，難怪原本應該受傷的腿會好得那麼快，妳是借用了狐妖的力量吧！這麼說起來，那場狐狸嫁女是不是也是妳搞的鬼？」我感覺自己就像傻瓜一樣，居然被一個女人耍得團團轉。

「你似乎誤會了某些東西。」那女孩越走越近，最後在離我只有一個鼻尖的位置停住了。她輕聲說道：「有個人想見你。」

我搖了搖頭，憤然道：「我不去，我可不會再上妳的當！」

「是嗎？」她做出了一個十分遺憾的表情，「看來你對黑匣子的秘密完全不感興趣。那好，就當我沒來過。再見！」

「妳知道黑匣子的秘密？」我頓時激動起來，一把抓住她的手臂，急切的問道：「如果妳真的知道，請妳快點告訴我！」

女孩看了我一眼，輕聲道：「我並不知道，不過，要見你的那個人卻很清楚，因為黑匣子就是由他同伴製作出來的！」

□

廢墟的不遠處有一間小屋，那女孩微微點點頭，示意我進去。我遲疑了一下，最後推開了門。

正對面坐著一位大約三十歲年齡的老者，不要認為是我用錯了詞語，那確實是一位年輕的老者，至少我第一眼看他的感覺就是這樣。

那男人雙手輕輕撫摸著擺在雙腿上的兩個黑匣子，見到我後，只是點點頭，說道：「你來了。很好，比我想像中還快。」

「你是誰？」我毫不客氣地坐在他身前的椅子上，沉聲問。

「大家都叫我伊藤潤樹，是個不太出名的小說家。」

「伊藤潤樹？好熟悉的名字！」

我皺起眉毛，突然大叫道：「我想起來了，你曾寫過一部很出名的恐怖小說。那部小說似乎是根據福來友吉博士的真實故事改編，然後輔以精采的幻想和懸念，最後還被改編成了電影。」

「哼，那篇小說裡真的是我的幻想嗎？」伊藤潤樹苦笑了一聲，呆呆望著天花板的眼神開始變得空洞。

「我拜讀過你的那部小說。」

我笑了一笑，腦中突然劃過一個想法，頓時只感到全身都僵硬了起來。

我壓抑著狂跳的心臟，用儘量平靜地沙啞聲音說道：「不過，我對你在一九五二年所著的《超能力編年史》更感興趣。那本書很有趣，你說是不是？高永尾吉先生？」

伊藤潤樹準備拿茶的雙手猛地停止了，他的全身都一動也不動的呆愣著，不知過了多久，他哈哈笑了起來，越笑越大聲，最後險些跌倒在地上。

「你是怎麼猜到伊藤潤樹就是我？」高永尾吉抬起頭望著我。

「只是突發奇想外加直覺罷了。」我老實地回答：「我感覺高永尾吉和伊藤潤樹有幾個模糊的相同點。

「第一，伊藤潤樹對超能力的研究絕對可以算得上宗師級別，那從他的小說裡就能看出來。而高永尾吉對超能力有一種狂熱的追求欲望，這只要稍微查查他的生平就知道了。

「第二，伊藤潤樹是一九五三年出生的，剛好和高永尾吉死亡的時間相吻合，還有最重要的一點，是有關福來友吉博士。

「不論是高永尾吉的《超能力編年史》裡，還是伊藤潤樹的小說裡，每當提到福來博士的時候，都會不由自主的用上敬語，透露出一種崇拜的感情色彩。在以前我拜讀你的小說時就感覺很奇怪了，沒想到這個資訊居然會成為非常有用的線索。」

我頓了頓又道：「當然所有的一切都純屬我的猜測，所以就賭了一把。沒想到你會這麼爽快的承認了。」

「哈哈，你真是個有趣的人。」高永尾吉又大笑起來，「關於黑匣子，你究竟知道多少？」

「並不算太多。」我思忖了一下，「我知道黑匣子並不止一個，而且每一個都有不同的神奇力量，使用方法也不一樣。我調查了很久，只大概知道那些黑匣子和你、你的導師福來友吉，還有兩個華裔學者陸平和李庶人有關。」

我舔了舔嘴唇，「你們似乎都從黑匣子上得到了不老不死的能力。其後不知為什麼，陸平和李庶人各自持有一個黑匣子回了家鄉，然後做了一些令我百思不得其解的事情。

「我還知道，盒子是在一九三八年製造的，而製造地點是烏薩，也就是高山市的某個地方。雖然我不知道你們究竟是用什麼方法造出這種可怕的東西，但是我能確定，那一定和福來友吉博士的第三次試驗有關係。」

高永尾吉略微驚訝，「沒想到你居然知道了那麼多！」

我微微一笑：「這實在不算多，高永先生是一九五三年詐死的吧？你用自殺作為幌子，然後在七十三歲高齡時返老還童，躲起來用另外的身分過著另一個人的人生。李庶人和陸平差不多也和你一樣，或許福來友吉也活在這世界的某一個地方。」

「不對。」高永尾吉的神色有些黯然，「博士確實已經在一九五二年去世了。他不願接受那種能力，說是違反了大自然的規律，其實我知道博士是不願意承受那種痛苦，永遠的存在是一種沉重的命運，接受了那種能力後，也同時承受了那些女孩子強烈的怨恨和羈絆！」

「怨恨？羈絆？」

我聽得如墜霧裡，完全搞不清楚他的意思。

高永尾吉長嘆了口氣，他呆呆地望著天花板，低聲講述起來：「我們都生在一個怪異的時代。那個時代表面上透露著對新事物的追求，但實際上追求是一回事，要那些頑固的知識份子接受又是另外一回事……

「知道意影現象吧？常常有一些正常照片上，出現多餘的不應有的人或物的照片，有的人統稱它們為靈異照片，其實那就是典型的意影現象。

「早在十九世紀六〇年代和七〇年代，照相術進入公眾生活的初期，這種現象就被媒體大肆炒作，也讓許多人大感興趣，我的導師福來博士就是當時最傑出的一個。

「他首先提出某些擁有特異能力的人可以將一些字元印在底片上，甚至僅使三層膠片的中間一張感光，而上下兩張不受任何影響的理論。

「就在一九一一年，博士在日本四國的丸龜市，找到了一位四十歲的法官夫人長尾郁子。在他的主持下，進行了一系列的意影實驗。」

我點了點頭，「我知道福來友吉博士曾在一九一三年所著的《透視和思維照相》一書中公佈了研究結果。而且在長尾郁子死亡後，為了證明自己的理論，又在一九三一年找到了日本宮城縣特異功能者三田光，讓他將位於四十公里外福來博士家二樓的底片，成功地意影了兩張月球背面的照片。」

「沒錯，博士為了研究特異能力，確實煞費苦心。」高永尾吉又嘆了口氣。

「但意影現象和黑匣子有什麼關係嗎？」我疑惑地問。

高永尾吉點點頭，又輕微的搖了搖頭，「黑匣子的研究，確實要從博士的第三次試驗說起，為了免於重蹈覆轍，那次試驗的一切都是秘密進行的。

「受試者是一位叫做高橋貞子的特異能力者，她擁有用意念把文字顯示在白紙上的超能力，就在那場試驗中，福來博士、陸平、李庶人和我，因為研究方向的不同，而分成了兩派。

「陸平和李庶人認為，特異功能者有其異於常人的精神力量，以至於強烈到可以發散出去，按照那個人的意志隨意依附在某個東西上。根據這種理論，如果那種力量進一步的擴大，那麼應該可以改變分子排列，甚至達到改變物資的情況。

「他們認為用意念把文字顯示在白紙上，又或者在膠片上顯影，根本就是改變分子結構和能量傳遞的過程，應該要進一步研究如何擴大這種能力！

「而博士和我則認為他們走火入魔了。雖然他們提出的理論有一定的道理，但行為卻過於瘋狂，就因此我們四人鬧得不歡而散，各自在高山城進行自己的研究……」

□

夜，沉重的夜。

一輪彎月高掛在天幕上，黯淡的銀光下，有兩個黑影走進了墓園。

「真的要這麼做嗎？」李庶人望著四周，不由得打了個冷顫。

陸平從麻袋裡俐落地拿出鐵鍬，遞給他一把，然後在一個墳墓上用力挖了起來。

李庶人一把抓住他的鐵鍬，低聲道：「我們這樣做真的對嗎？這根本就是對死者的褻瀆。」

陸平用力推了他一把，「別婆婆媽媽了，像個男人的樣子，快挖！」

「可是千鶴子她生前已經夠可憐了，死後我們還侮辱她的屍骨……」李庶人遲疑道。

陸平冷哼了一聲，「你以前在英國究竟怎麼讀大學的？人死了就只剩下一副骨頭，與其讓它繼續腐爛下去，還不如讓我們將它發揮在更大的用處上！」

「但是——」

「夠了！」陸平狠狠瞪著李庶人，「你患了腦癌對吧？你甘心就這樣等死嗎？還是等我們努力將那個理論完成？那可是科學上的大發現，只要我們將理論發表，一定會在學術界掀起軒然大波，甚至能引起一場革命。我們的名字絕對會載入史冊裡！」

「你確定將那種特異能力擴大一百倍，真的能治好我的腦癌，甚至能讓我不老不死？」李庶人明顯動搖了。

陸平神秘地笑起來，「那個理論是你和我一起發現的，如果再將容器製作好的話，就一定能成功，難道你連自己都不相信了嗎？」

「我當然信！我們一定會成功，對吧？」

「當然會。」陸平拍了拍他的肩膀，「挖快一點，明天一早我們還要趕到四國去，把郁子的屍體也一起挖出來……」

「博士的第三個試驗持續了將近兩年。而就在一九一一年的時候，陸平和李庶人幹了一件十分可怕的事情，他們秘密地將御船千鶴子和長尾郁子的屍體挖了出來，並進行各式各樣的研究。」高永尾吉的聲音變得激動起來。

「到了一九一二年，他倆初步製作出了一種儀器。那種儀器可以發出十倍於超能力者的能量，也就是黑匣子的雛形。

「不過他們似乎並不滿足，因為那樣的效果還不太明顯，雖然已經可以慢慢改變人的身體素質，但實在太慢了，不能用到科學論證上，於是他們開始窺視貞子。嘿，小子，你想不想知道黑匣子裡邊到底有什麼？」高永尾吉將黑匣子捧在手上，凝視著它們，然後問道。

我立刻點頭，其實很早以前我就想知道這玩意兒的構造了，可惜X光投射卻不能成影，而自己又因為它們擁有的怪異力量不敢硬打開，害怕出什麼意外，到時候死翹翹還算是好，就怕變得像李庶人那樣，永遠都死不了，然後痛苦的活在世界上，還要不斷的換住所，唯恐就被人識破自己是不老不死的怪物，要真成了那樣，我不一天到晚想辦法自殺才怪。

高永尾吉停頓了好一會兒，這才一字一句的說道：「是御船千鶴子和長尾郁子的屍骨！準確地說，是她們的頭骨！那兩個混蛋將她們的頭顱敲得粉碎，然後裝進了黑匣子了！」

「什麼！」

我猛地從椅子上跳了起來，只感到一陣惡寒爬上了後腦勺。

□

「不對，不可能有這樣的結果！為什麼只能增大到十倍？」陸平狠狠地將桌上的數據，全都掃在地上。

李庶人輕輕嘆了口氣，蹲下身將之慢慢撿了起來，「阿平，其實十倍已經夠了，我身上的癌細胞也有效的受到了控制，就憑這一點，已經足夠震撼學術界了！」

陸平用力地抓著頭髮，「不夠，十倍根本就不夠！我想要的結果至少是一百倍，不，甚至是一千倍，到時候才能達到我的目標。」

「阿平，你太執著了，何必呢，那個願望，恐怕你永遠都實現不了……」李庶人搖了搖頭。

陸平猛地掀倒桌子，一把抓住他的衣領大聲吼叫著：「只要我還活著，我就一定要成功！十倍？根據我們日以繼夜的研究，明明就發現只有大腦才會發出那種特殊的能量波，而且就算人死後，那種能量也不會消散，會一直依附在頭顱上，但為什麼只能增大十倍？難道是因為她們的特異能力還不夠強……」

陸平近似瘋狂的坐到地上，他想了一會兒，突然笑了，「福來友吉那老頭似乎說過，高橋貞子的特異能力，是他見過最強的吧？」

「阿平，難道你想……」李庶人驚恐地望著他。

只見陸平輕輕摸了摸自己的脖子，神經質地說道：「她的腦袋！好想把她的腦袋打開仔細檢查一下。」

李庶人頓時感到一陣惡寒湧上了脊背，他用力抓住陸平的肩膀，大聲說：「你清醒一點。那是殺人！」

「難道我們是第一次殺人嗎？」

陸平撥開他的手，陰沉地笑起來，「放心，就用以前的老方法，絕對不會有人知道的，而且在試驗裡死了人，福來友吉那老混蛋也不會聲張，他就是這種人。只要到了晚上，我們悄悄潛進去，嘿嘿，一切都會好起來的……」

□

「一九一三年初，就在博士忙於將大量的試驗資料整合，又聯繫好出版商，準備出版自己那本名為《透視和思維照相》的研究報告時，某一天，貞子突然感覺十分不安。

「從很早之前開始，我和博士就發現她有很強的第六感，不，那甚至可以稱得上是預知能力。

「當時她顯得很惶恐，一個勁的要求我帶她躲起來，但又說不出原因，只是強調自己有危險，或許會被人殺掉。」

高永尾吉回憶著，最後苦笑起來。

「說實話，兩年的相處，讓我對這個美麗聰穎的女孩產生了感情，我愛上了她。禁不住貞子的請求以及她楚楚可憐的樣子，我終於做了生平第二個重大決定，我背叛了自己的導師福來博士。

「由於不知道會有怎樣的危險，我將貞子帶走的同時，為了湮滅她存在過的證據，也帶走了所有關於她的研究資料，害得博士因為資料不完整，只能草草地將那份報告出版了事，沒有在學術界引起任何重視，也因此氣得博士從此得了隱疾，最後鬱鬱而終。」

他吸了一口氣，滿臉痛苦的說道：「但最可恨的是，我從來就沒有感到後悔過！甚至在參加博士的告別式時，還認為自己就算再來一次，也會毫不猶豫地帶走貞子！」

「你並沒有做錯。」我沉默了半晌，問道：「然後呢？高橋貞子最後怎樣了？」

「她成了我的妻子。」

高永尾吉緩緩地說：「我們一起住在橫綱的小漁村裡，過了很長一段愉快的生活，原本以為這樣的生活會永遠繼續下去，但是我錯了，大錯特錯！

「從一九三六年開始，我發現自己的身體常常會痛得死去活來，到醫院檢查後，才發現自己患上了胃癌，頓時天彷彿都塌了下來。直到那一刻，我才發現自己原來那麼怕死，怕得要命！」

他抓住自己的胸口，微微笑著：「貞子在我的面前顯得很樂觀，也很活潑，一個勁兒的逗我開心，我也真的在笑，開心地大笑，但是我倆都心知肚明，那只是為了不讓對方擔心而做的戲罷了。

「獨自一個人的時候，貞子的細眉幾乎都皺到了一起，我知道自己美麗的妻子比我更傷心。

「貞子曾經對我說，就算要她死掉，她也要我活下去，好好地，快樂的活下去……哈，諷刺的是，沒想到這句話，在不久以後竟然變成了事實。」

高永尾吉的臉色陰沉下來，他捂住臉，痛苦的哽咽道：「一九三七年末，陸平和李庶人那兩個混蛋，不知道透過什麼管道找到了我。他們和貞子談了一整夜，幾天後貞子便離家出走了，從此再也沒有在我面前出現過……

「我開始四處託人尋找她的下落，我不敢離開家裡，害怕她回家後找不到我。

「一九三八年初，那兩個傢伙又來了我家。他們說有辦法可以治療我的癌細胞，然後給了我一個黑匣子，以及一封信。

「他們告訴了我使用方法後，急匆匆地走掉了。我用顫抖的手打開信，居然是貞子的筆跡，整封信上只有短短的一行話……

「尾吉，我曾許諾過，無論如何也不准你比我先死掉，我實現了自己的承諾，現在該輪到你了！你要將我的份一起活下去。還有，尾吉，我愛你……

「那一刻，我什麼都明白了！」

第九章 逼近

感情是什麼？人類又是什麼？究竟什麼才算是自然規律？而科學家到底是順應自然的人，還是違反自然的人？

大量的資訊塞進我的腦子裡，害我直到走出高永尾吉的小屋，也沒有將其消化乾淨。屋外的夜色依然，月已經沒有了，黯淡的天幕換來無數閃爍著的繁星。

那女孩安靜地倚在牆壁上，看到我撓著腦袋一副苦惱的樣子，立刻微笑起來。

「你的疑問都解決了嗎？」她輕輕地挽住我的胳膊，問道。

「黑匣子的秘密倒是清楚了。只是到底怎麼解除詛咒，就算高永先生也不知道。」我又露出了招牌式的頭痛表情。

「慢慢來吧，你現在不還是活得好好的嗎！」女孩輕聲安慰道：「黑匣子不但能讓人不老不死，還能將特異功能者生前的能力放大至少一百倍，或許你可以從這方向去思考解決的方法。」

「對啊！原來還有這條線索！」就像一道電流通過全身，我頓時恍然大悟，一把抱住她纖細的腰肢，興奮地轉起圈來。

那女孩紅著臉任我抱著，突然感覺到了什麼，她猛地推開我，淡然說道：「我要走了，這兩個黑匣子還給你。」

說完，頭也不回的向林子深處跑去。

我大惑不解的呆愣在原地。自己什麼時候得罪她了？唉，女人。難怪有人會說她們都是善變的動物。

為什麼充斥在自己身旁的女人不是聰明得可怕，就是紅顏薄命，再不然就是性情古怪得離譜？

唉，究竟到什麼時候，老天才會賜予本人一個稍微正常點的女人。

據說西藏的布達拉宮有一種經輪，轉一圈就算是誦讀經書一千遍，看來我以後有必要去一趟，虔誠的轉它個幾十圈，試試看能不能感動佛祖，好讓我早一點結束這種悲慘的命運了……

□

我又在高山市待了幾天，眼看實在找不出其他的線索，這才搭乘飛機，回到了大阪的高橋家。

「你回來了！」由美領著全部的下人站在大門前，衝我露出甜美的笑容，然後彎腰鞠躬。

我不太習慣這種場面，略一皺眉，問道：「妳怎麼知道我要回來的？」

由美可愛地吐了吐舌頭，像個小妻子似的挽住我的手臂，輕聲道：「別小看了高橋家的財力。就算你搭上出境的飛機，我也有辦法讓那架飛機繞著太平洋一圈，然後乖乖地降落在大阪機場上。」

「惡魔！」我大感頭痛，沒想到這個一向被別人深惡痛絕的用來形容我的詞彙，居然也會有被自己拿來用的一天。

「阿夜，你一定很累了吧。」她有意無意的將自己的大胸部緊貼在我的手臂上，「先去洗個澡吧。換洗的衣服我已經幫你放在浴池外邊了，我現在就去為你準備晚飯。」

□

我默不作聲地走進浴池，脫下衣服，然後用力跳進了溫水裡。

呼，好舒服。全身都懶洋洋的，最近幾天不斷奔波所產生的勞累感，不知不覺也減輕了許多。

輕輕閉上眼睛，腦子又開始自動整理起關於黑匣子的資訊。

雖然高永尾吉為我解開了一部分的疑惑，但我還是有許多無法理解的地方。

首先，既然陸平和李庶人的研究已經獲得了成功，那為什麼他們沒有在學術界將其公開，而是選擇了隱藏在這個世界裡，過著平凡的人生？

還有陸平，那個人的行為最為怪異，也最令人難以理解，他為什麼要擺出那個白色五芒星陣？既然他不會老也不會死，那麼十年前傳出他跳樓自殺的事件，會不會也是個幌子？或許他直到現在依然還潛伏在某個地方，靜靜地度過永恆的生命？

我從高永尾吉那裡知道，在昭和十三年的時候，李庶人和陸平一共製造了三個黑匣子。裡邊分別裝著，御船千鶴子、長尾郁子和高橋貞子的頭蓋骨。

黑匣子有個基本能力，就是能改變人類的身體構造，只要有正確的方法，普通人也能讓自己變得不老不死，而且黑匣子也將特異功能者生前的能力擴大了至少一百倍，但那種能力並不是每個人都能駕馭，只有某些精神力強烈的人，才能將其誘導出來，而且要使用那些力量，就要付出相當的代價。

或許是黑匣子裡的怨念過於強烈，以至於每一個擁有黑匣子的人，最後都沒有什麼好下場……

突然想到了什麼，我頓時停下所有的動作，全力思索起來。

記得由美曾說過，自己的曾祖父母曾經住在一個小漁村裡，而高永尾吉將高橋貞子從福來友吉博士身邊帶走時，就是躲在橫濱的一個小漁村中，還有，高橋這個姓雖然不算罕見，但也不是什麼大姓，如果高永尾吉真的愛著妻子的話，為了讓自己的妻子開心，讓兒子隨母姓也不是不可能。

最重要的一點是，由美說自己的爺爺和二姐戀衣都有預知能力，可以將幾天後才發生的事，在白紙上以文字的形式顯現，而高永尾吉確確實實得到了裝有高橋貞子頭蓋骨的黑匣子，貞子的超能力能通過意念將文字顯示在白紙上以及微弱的預知能力，這一切都和高橋家的種種不謀而合。

難道高橋光夫就是高永尾吉以及高橋貞子的後代？

而由美所謂的超能力，就是通過黑匣子所展現出來的力量？

我冷靜的又仔細分析了一下，最後輕搖腦袋。不太對，如果高橋光夫真的擁有黑匣子的能力，那麼他也應該變成了不老不死的怪物，根本就不會搞成植物人，直到現在都還可憐兮兮地躺在醫院裡。

那麼是因為高永尾吉十分清楚永生帶給人的痛苦，所以才故意沒有告訴自己的兒子，希望他不會步上自己的後塵？嗯，這倒是很有可能。

就在我為自己的新發現興奮不已的時候，浴池的門開了，濃濃的蒸氣中，我只隱約看得到一個苗條的影子向我走過來。

「阿夜，我來幫你擦背。」由美一絲不掛的出現在我面前，她一邊衝我嬌羞的笑著，一邊走進了水池裡。

雲煙霧繞的蒸氣圍繞在她身旁，就像她的動人的胴體上也披上了一件輕薄的紗巾，那種朦朧的感覺更讓人心跳加速，一股強烈的誘惑頓時充斥了全身。

我的大腦一片空白，雙眼圓睜的死死盯著那個越來越近的皙白玉體，只感覺一雙如蛇般柔軟的滑膩手臂纏上了我的頸部，接著兩團像海綿般富有彈性的碩大物體，緊緊貼在了後背上。

我清楚地感到腦袋中有什麼東西要迸出來，冷靜地深吸一口氣，我向前一偏，居然在這種關鍵時刻，不爭氣地暈了過去……

醒來時，我的頭正枕在由美豐滿結實的大腿上。她穿著粉紅色的和服，一邊撥弄我的頭髮，一邊靜靜地凝視著我。

我立刻尷尬的坐起身來，瞪著她叫道：「妳想謀殺我嗎！我的心臟可受不了那麼大的刺激！」

由美捂住嘴淺笑著：「真的好有趣，我越來越喜歡看阿夜驚惶失措時的表情了！」

「對了，從剛才我就發現妳擅自改了對我的稱呼。」我眯起眼睛，不滿地說：「為什麼叫我阿夜，我和妳有那麼熟嗎？」

「你是我的未婚夫，我當然要叫你的暱稱了。」由美顯然不想在這件事上多做爭辯，她抽出一疊資料遞給我，「這是你要的上杉的驗屍報告。」

我頓時來了精神，捧著資料仔細看了起來。

上杉的驗屍報告一共只有三頁，大概說的是身體完全沒有任何創傷的痕跡，只是體溫很低，血液幾乎都凍結了，心臟的血色左右相差甚遠，左面很紅，右邊發黑，腹部甚至有輕微的積水現象，死因可以確定為凍死！

「凍死。」

我小聲咕噥起來，居然會有這麼古怪的事。夏天凍死人也就罷了，還是在我的眼皮底下凍死，而且直到現在，我都還沒有任何頭緒。

「說起來，阿夜。」由美溫順地為我斟了一杯茶，「上杉的死，會不會是大井或者三元搞的鬼？最近大井那傢伙一直賴在這裡不走，而且還不斷向下人詢問一些有的沒的，我還發現他常常徘徊在從前美雪姐姐住過的房間附近，鬼鬼祟祟的不知道想要幹什麼。

「至於三元就更可疑了，他為了錢，幾乎什麼事情都做得出來，最近三元集團的財務出了很大的問題，眼看就要破產了，那混蛋一定一天到晚眼巴巴的等著我手裡的百分之十三的股票去救急。」

「他們兩個確實很可疑。」我不置可否地搖搖頭，「但妳告訴我，要怎麼樣才能在別人的地盤上，讓一個人沒有任何外傷的凍死？

「驗屍報告上說，上杉沒有服下任何催眠的藥劑，也沒有被人打暈，死亡後屍體也沒有被移動過，他的客房不是密室，而且他也沒有受到拘禁和束縛，像他那樣的聰明人，在感到冷的情況下不會大聲叫，反而呆呆地趴在床上等著凍死，難道妳不覺得很怪異嗎？」

由美的臉色也凝重起來，過了一會兒，像是想起了什麼，朝我吐了吐舌頭道：「晚飯你要在餐廳吃還是這裡吃？」

「就在這裡好了。」我低下頭繼續研究著那份驗屍報告。

「那我幫你端過來。」由美無奈地看了我一眼，轉身向屋外走去。正當她走到門口時不小心被絆了一下，險些跌倒在地上。

「沒事吧？」我向她望去。

「我沒事，抱歉，讓阿夜你擔心了。」她轉過頭向我一笑。

我望著她纖細苗條的背影，突然整個人都驚訝地呆住了。

從以前她的背影就給我一種熟悉的感覺，似乎我在哪裡見過，而就在剛才的一霎，那種感覺更加強烈了！

我的心臟頓時狂亂地跳動起來，聲音也激動得變得有點沙啞，我強忍著震撼感，略微顫抖地問：「妳和妳的二姐戀衣是雙胞胎對吧？」

「嗯，我和姐姐是異卵雙胞胎。」由美疑惑地點點頭，接著補充道：「不過我們長得不太像，而且也沒有所謂的心電感應。」

「那她的照片能不能借我看一下？」我吞了口唾沫。

「為什麼？」由美驚訝地問。

我直視著她的眼睛，一個字一個字的緩緩說道：「兩天前，或許我看到妳姐姐了。」

由美震驚地跌坐到地上，許久才喃喃嚷著：「騙人，戀衣姐姐已經死了！」

「死了？」我猛地站起身來：「妳怎麼知道的？」

她倚著牆，慢慢望向天花板，「根據高橋集團的資訊網，一個禮拜前，有人親眼見到她跌進了奈良的一個山崖下。」

「一個禮拜前？也就是我和妳遇到的那天嗎？」

「沒錯，而且那座山崖也正好在我們遇到的那座民宿附近。」由美嘴角帶著一絲嘲諷的苦笑，「哼，那還真是巧合啊！」

我的大腦完全無法接受這些資訊，由美見我滿臉不信，起身拿了戀衣的照片放在我跟前。我看了一眼，身體更加僵硬了，甚至感覺有種刺骨的惡寒滲入了骨髓裡。

照片裡的戀衣冰冷地不帶著一絲俗世的笑容，不，應該說是完全沒有表情，只是表情黯淡的坐在鏡頭前，眼眸中流露著不屑的鄙視神情，她就像在嘲諷似的望著我，不食人間煙火的臉上，似乎縈繞著極度的不耐煩。

雖然表情不同，但我還是立刻就分辨了出來。

這正是我一個禮拜前，在遇到狐狸嫁女時救出的女孩，而且兩天前，我還和她一起去拜訪過她的祖父高永尾吉，那麼真實的一個人，怎麼可能在一個禮拜前就死掉了？

我不信！絕對不信！

「那人只是看到她掉下去對吧？」我用乾澀的聲音說道：「有可能她並沒有死！」

「不可能！」由美輕輕搖了搖頭，「戀衣姐姐的屍體在昨天已經找到了，而且正在運送回本家的途中。」

「怎麼會……」我又呆住了。

難道在一個禮拜前我遇到的戀衣就已經死了，一直以來，我都在和鬼打交道？這實在太過於荒謬了！我用力捶著腦袋，直到由美心痛地拉住了我的手。

「你真的遇到戀衣姐姐了嗎？」她溫柔地將幾近混亂的我擁進懷裡。

「我確定自己的記憶沒有問題。最近七天裡，我確實遇到過戀衣兩次。」

「我相信你。」由美輕輕咬住紅潤的嘴唇說道：「戀衣姐姐不是普通人。她曾經說過，只要是為了高橋集團，就算是變成厲鬼，也會從地獄的深處爬回來。她一定已經回來了，而且就在這棟房子的某個角落暗暗盯著我們。」

由美變得惶恐起來，她不安的四處張望，神經質地叫著：「我們都會被那個女人殺死，沒有人能逃掉……嘿嘿，我那些所謂的叔叔阿姨一定不會失望的。」

她的眼神變得空洞，臉上散發著異樣的神色，「他們全都瞞著戀衣姐姐，暗地裡做過許多對不起高橋家的事。嘿嘿，他們都會死，都會被戀衣姐姐殺掉……」

在由美混亂的同時，我的大腦反而漸漸平靜了下來。

根據從前得到的種種資訊再加上推斷，如果戀衣死前真的帶著黑匣子，那麼任何可能性都會發生。

或許她真的已經死了，她的屍骨在山崖下發臭，而藉由黑匣子的力量，另一個她又重生到世界上。

如果是這樣，反而能說明上杉詭異的死因，也只有她的力量才能將一個人在夏夜裡凍死在床上。

那個重生的戀衣，她到底會有什麼目的？

□

又是一個無聊的夜晚。

三元煩惱地站在臥室的窗前，點燃一根菸抽起來。

今天櫻花銀行的人來過了，由於三元集團最近幾年連續的財務赤字，已經有兩年沒有付利息給銀行，經過調查，赤字總和已經超過了三千億日圓。

銀行判斷三元集團已經失去了償還能力，如果一個星期還不能籌集一千五百億的融資的話，櫻花銀行將採取行動，強制對三元集團進行控制，到時候，社長的職務恐怕再也不會是他了。

一般銀行對集團進行控制的方式有兩種，一種是調控融資，將銀行的錢融入企業裡，這樣的企業永遠也不會倒閉。第二種是優先轉賣，也就是把企業內還有活力和彈性的子公司和產業統統賣出去，然後宣佈破產。

看銀行的態度，對三元集團採取的行動應該是後者，還有一個星期，三元集團就要徹底完蛋了。

三元狠狠將菸頭扔在地上，然後一腳踩了上去。那些女人顯然已經知道了這個消息，最近對他也冷淡起來，甚至有些已經開始著急的和他撇清了關係！

那些婊子，她們的一切都是用他的錢買的，現在居然敢這樣對自己！

三元用力揉了揉太陽穴。不管怎樣，這個禮拜內一定要從高橋由美那賤人手中，把高橋集團百分之十三的股票給挖出來，軟的不行就來硬的！

他思忖了一會兒，掏出手機，打給道上的兄弟。

日本是個黑社會團體猖獗的地方，黑社會用公司的名義，明目張膽的做違法的事，甚至和議員勾結，幫助籌措政治黑金，在這樣的非常時期，流氓反而是最靠得住的夥伴。

很早以前，三元就想到了一個對付高橋由美的最佳方法——很簡單，就是綁架她！

讓一個女人開口其實有許多方法，而對那些方法每個流氓都是專家，當然，他們也很清楚事後怎麼讓那個女人閉嘴。

三元閉上眼睛，深深吸了口氣，還有一個禮拜，看來自己的速度要快點了。

突然，一陣嬰兒的啼哭聲從窗外傳了進來，那個聲音非常淒慘，就像快要斷氣時的垂死掙扎。

他皺了皺眉頭，是哪個傭人將自己的小孩帶了進來？明天一定要將她揪出來，搧她幾耳光，然後叫她滾蛋！怎麼能任由那些低賤的人騷擾自己，難道沒有人告訴過她們，他最討厭嬰兒了嗎！

三元惱怒地關上窗戶，那令人心煩的聲音頓時消失了。他點了點頭，慢慢向床上爬去。就在手要接觸到床單的一剎那，他整個人全都呆住了。

嬰兒的哭叫聲又響了起來，而且越來越近，最後開始在房間裡不斷的迴盪。

他感覺身體變得僵硬了，一股毛骨悚然的感覺滲入脊髓，頭髮幾乎都嚇得豎了起來。

那個哭啼聲似乎帶有生命，不斷衝擊著三元的耳膜，電光一閃，整個房間都陷入了黑暗裡。

微風不知道從哪裡吹了過來，撫在他的臉上，卻有一種割肉般的痛楚。

他痛得想要大叫，張開嘴時才發現聲帶已經失去了作用，什麼聲音都無法從喉嚨裡發出來，甚至，他連讓喉結震動的能力也沒有了。

他恐慌地睜開眼睛，竟發現自己的眼前，正有一雙大眼睛一眨不眨地，死死盯著他看。

三元不禁打了個冷顫，偏偏脖子也不能動了，只能呆愣的和那雙眼睛對視，正對面的眼睛帶著一絲冷冷的瞳芒，就像黑夜中的野獸找到了獵物一樣，淡淡地透露著猙獰和詭異。

嬰啼的聲音更響了，幾乎就迴盪在自己的耳邊。

不！那確確實實就在自己的耳邊！有什麼東西緊貼在後背上，慢慢地，一雙稚嫩的小手從身後摸到了三元的臉上。

「爸爸……」耳畔那個嬰兒在笑，但聲音裡卻沒有一絲感情色彩，僵硬的聲調，就像一根冷刺，狠狠地扎入了他的心臟。

「爸爸……」緊接著，許多聲音叫喊著從四面八方向他湧過來。就像無數的嬰兒在拉著他的褲腳，懇求自己的爸爸抱抱他們。

「難道這些都是自己強迫那些女人打掉的孩子？他們回來找我了，終於全部回來了……」三元滿腦子裡只剩下這個念頭，這也是他最後的一個念頭。

多得就像白蟻的嬰兒不斷地衝向他，然後在他身上狠狠撕咬起來。

黑暗裡，寂靜充斥著整個房間，只有輕微的潺潺聲，那是血流到地上的聲音。

三元突然咧嘴笑了起來。「吃吧，我的兒子，還有女兒，把我的肉全都吃下去！」他從手臂上扯下一塊肉放進嘴裡咀嚼起來，眼睛死死地凝視著不遠處冷漠地注視著一切的那雙眼睛。

「謝謝你，原來有生命透過自己延續下去，感覺，竟然那麼好……我的孩子，將我統統吃下去，我會永遠和你們在一起，再也不會分開了！」

第十章 死的是誰？

「阿夜，三元死了！」

一大早，由美就將我從被窩裡拽了起來。

「誰？」

我的大腦依然處於睡眠狀態，一時沒有反應過來。

「三元集團的社長三元耕助啊，那混蛋被人發現死在自己的臥室裡。」

由美用力地搖著我，我呆呆地撓了撓腦袋，等意識到那究竟是怎麼回事時，頓時徹底清醒了過來。

「具體情況？」

我一邊穿衣服，一邊散佈口臭。

高橋由美捏住鼻子說道：「新聞上雖然只是略微提了一下，但透過高橋家的內線，我得到了一個會讓你很感興趣的情報！」

「哦，說來聽聽。」

我心不在焉的拿起牙刷漱口，由美從身後溫柔地將我抱住，壓低聲音說道：「據說他死的樣子非常恐怖，全身似乎都被某種動物撕咬過，肉被剔得精光，從身體到腳就剩下一副骨架，不過頭部卻沒有任何損傷。」

我用力刷牙的手不由停了下來，「果然夠有趣。」

「還有個更詭異的現象！」

由美乾脆將下巴倚在我的肩膀上，如檀的吐息吹進我的耳洞裡，癢癢的。

「三元死的時候居然在笑，笑得嘴都張開了。三元家的下人說，這還是第一次看見他們的少爺笑得那麼開心，那種愉悅的表情他生前從來沒有出現過！」

「妳的意思是說，三元死的那一刻，居然是他一生中最快樂的時候？」我吐掉嘴裡的泡沫說。

「你這人怎麼這麼冷淡？」

由美嘟起了嘴，「人家可是好心好意來告訴你的。你以前不是對這種稀奇古怪的東西很感興趣嗎！」

「現在我也感興趣！」

我嘆了口氣，「只是對已經知道答案，而自己又什麼都無能為力的事，我不會太熱心罷了。」

「你是說……」

由美驚恐地向後退了幾步，「這件事也是戀衣姐姐做的？」

「或許吧，除了她，我實在想不出還有其他人有能力做到，再加上三元原本就和高橋家有利害關係。

「他窺視妳手裡百分之十三的股票很久了，再加上銀行最近頻繁出入三元集團本部，狗急跳牆之下，他說不定會對妳採取不利的手段，妳姐姐為了保護妳，隨手把他幹掉也不難想像。」

「不可能！」由美全身顫抖起來，「那女人絕對不會保護我，她恨不得立刻將我趕出高橋家！那個女人，一定在暗地裡籌劃什麼，然後將我們一個一個全部殺掉！」

我苦笑一聲，「誰知道呢？一個已經死掉的人，究竟想要幹什麼，究竟有什麼目的？那根本就不是我們這些活著的人可以想像到的，唉……」

「對了！」

由美突然抬起頭，「戀衣姐姐的屍體明天晚上就可以運回本家，我會立刻要求將她火化，到時候她就再也無法作怪了！」

「妳真的那麼恨妳的姐姐嗎？」我禁不住奇怪問。

「我恨她……嗎？」

由美輕輕撫摸著自己絕麗的臉龐，眉頭緊鎖，流露出十分厭惡的表情。

「那個女人，我恨不得親手殺掉她，還有美雪姐姐、爺爺，那些只知道趨炎附勢的所謂的親戚，我討厭，討厭得要死！」

她的眼神又空洞起來，身體因激動而搖晃。

我一把扶住了她，輕聲道：「所以妳想親手將那些討厭的人剷除掉，然後將高橋集團全部握進手掌裡？」

由美猛地抬起頭望著我，驚訝地叫道：「你在說什麼！」

我緩緩的吸了一口氣說：「妳最近一連串的活動，已經開始露出目的的端倪了！」

「端倪？你太多心了！」由美滿臉的不自然。

「我早就對妳說過，不要低估我的智商。」我盯住她的眼睛，她想和我對視，卻不由得躲開了我的視線。

「兩年前，高橋戀衣利用手中百分之十三的股權，強行壓制了董事會的決議，然後坐上會長的位置，而妳似乎也想將這個手法重演一次。」

由美輕輕咬住濕潤的嘴唇，「從哪裡看得出來？」

「很簡單，最近有一個消息在業界裡廣為流傳，似乎許多人都知道了妳手裡握著百分之十三的股份，我感覺很奇怪，於是稍微調查了一下，居然是因為黑函！」

我笑起來，「我早就懷疑寄到三元家、大井家以及上杉家的匿名信是妳搞出來的。雖然妳不承認，但從這件事情中可以得到最大好處的就是妳！那種同樣的匿名信妳不但寄給了他們三家，稍後又寄給了高橋集團每個股東手裡。」

「但是匿名信的可信度很低，我憑什麼認為他們會信？」由美跪坐到地上，幫我倒茶。

我撇了撇嘴，「只要看妳三個未婚夫急急忙忙賴在本家不走的情況，就算是傻瓜也會知道信的真實度，然後妳開始在高橋集團裡四處散佈妳討厭的人的名單，並說只要自己坐上社長的位置，就立刻解雇他們！這樣就會造成董事會裡的人分散成兩派。妳討厭的人會反對妳，而自認為不遭妳討厭的人會宣誓效忠妳。」

我舔了舔嘴唇再道：「嘿，這真的是個絕妙的方法，整個董事會有五十多名董事，而妳又不像高橋戀衣那樣被前會長高橋光夫直接認命為繼任會長，僅僅憑著手裡握有的百分之十三的股票是遠遠不夠的，所以妳需要有人支援妳。

「再等到下次董事會議時，妳就站出來彈劾現任的社長，要求他自動退職。只要成功了，妳立刻就可以坐上社長的位置！」

由美倒茶的手微微一顫，「只是社長的位置嗎？哼，我從來就沒看上過！」

「難道妳想當會長？」我躺到榻榻米上問。

「當然不是。不論這次彈劾成不成功，我都會要求進行股份回收。」

「股份回收？」

我略微有些疑惑，「妳憑什麼？」

「哼，如果那些老頑固不願意的話，我就以執行理事的身分，宣佈發動內部金融調控。」由美冷淡地說。

我頓時從地上彈了起來，「妳瘋了！這根本就是在引發金融風暴！現在的日本在泡沫化後，經濟低迷不振，一直都靠國民的存款在支援，如果在這塊土地上觸發金融風暴，到時候不但高橋集團會完蛋，整個日本，還有東南亞等許多地方，都會受到嚴重的影響！」

「我很清楚自己在幹什麼。」

由美的聲音漸漸溫柔起來，她將頭放在我的大腿上，注視著我，「阿夜，你知道阿拉伯人是怎麼看世界的嗎？他們認為自己居住的地方是世界的中心，所有的白人、黑人、黃種人都是從那裡分散向世界各地的。」

「我聽過這種說法。」我嘆了口氣，「其實反過來想一下，就會發現，其實阿拉伯是世界民族和文化交會的地方。」

由美伸出手梳理起我的頭髮，「任何事情將它反過來想想，都會有其好的一面，說不定我這麼一亂搞，對日本的經濟反而是件好事呢。」

「說謊！妳根本就是想讓自己討厭的高橋集團，徹底不留痕跡的消失掉。」

「沒錯，我從很小的時候就想這麼幹了，但一直都沒有機會，現在該死的人全部都死光了，再也沒有人可以阻止我。除了你，阿夜，你會幫我吧？」

「我為什麼要幫妳？」我詫異地問。

由美淡淡地說道：「因為你是我的未婚夫，也是未來的老公，就算是假的，但你答應過要敬業的幹滿一個月。在這段時間裡，我就是你的小妻子，老公為了自己所愛的妻子，不是應該支持她所有的決定嗎？」

「這個說法似乎太偏激了吧？」

我將視線移向窗外，翠綠的庭院裡生機盎然。水竹一起一落的敲打出枯燥的聲音，整個世界，真的好美……

「阿夜。」高橋由美見我居然發起了呆，突然用力咬住了我的嘴唇，「你會不會幫我？」

「我不答應的話，妳會把我先姦後殺嗎？」我舔著嘴唇，臉上露出怪異的微笑。

「絕對會。」由美肯定地點頭。

「那我還有什麼選擇，既然生命有危險，再加上這件事似乎又十分有趣。」我頓了頓，揚起頭高聲道：「我只好答應妳了！」

唉，如果真的引發了金融風暴，搞不好我和她會遺臭萬年，就此載入史冊，被人們永遠唾罵下去吧！

不過，我越來越不在乎了，總之，解除詛咒的方法，也遙遠的不知在哪個星球上，與其一個人默默地死掉，然後被人無情的遺忘，還不如留下些什麼！不知為何，由美的計畫深深地吸引住了我，那，實在太有趣了……

□

夏日的太陽總是落得遲，起得早。

第二天剛過凌晨五點，天空已經透露出朦朧的日光，今天絕對是繁忙的一天。所有的事情都會在今天開始，然後結束。

戀衣的屍體會在下午兩點運到，靈堂已經佈置好了，殯葬業者也早早忙碌起來，準備迎接屍體。

只要等到屍體告別儀式結束，戀衣就會被送去火葬場火化，然後埋進墳墓裡，同時，由美準備在葬禮之前，宣佈臨時召開董事會議。

所有的一切都在緊鑼密鼓的進行著，不論是能見光的事，還是不能見光的事，暗地裡，由美已經將會議的所有細節，全都向我核對了無數次，確定不會出現漏洞後，這才鬆了口氣。

我無聊的吃著奶油泡芙，獨自待在房間裡，等時間一秒一秒的不斷流逝。

終於，屍體到了。

站在本家門口，遙望著戀衣的屍體慢慢靠近，突然由美緊張起來，她喘著粗氣，臉色也不知何時變得煞白。

「阿夜，不知為什麼，我好害怕！」她緊靠著我，將我抓得死死的，就像一鬆手，我就會從她的生命中永遠的消失掉。

「或許妳的潛意識裡，還是愛著自己的姐姐吧。」我安慰道。

「不對！」

由美搖了搖頭，「一看到那口棺材，我就有種怪異的感覺，我覺得，我就快要失去你了。」

她的眼睛一眨不眨地盯著越抬越近的棺材，終於全身一軟，倒在了地上。

「這小妮子的身體是不是有問題？」我略帶著歉意向左右鞠了一躬，然後抱著她回了臥室。

「對不起，阿夜，又讓你擔心了。」由美苦笑著凝視著我，眼神不由癡了起來。

「妳究竟是怎麼了？想喝點什麼嗎？」我納悶地問道。

她卻緊緊地抱住了我的手臂，輕聲哭泣著：「姐姐！是戀衣姐姐，她一定會回來，然後把你從我的身邊搶走，我感覺到了，她就在附近！」

「傻瓜。」

我輕輕捏住她的鼻子，「我答應過當妳一個月的未婚夫，只要時間沒到，誰也別想把我趕走。」

由美用雙手挽住我的脖子，神色黯淡起來，「你對我那麼好，只是因為我們之間的協議？難道你從來就沒有喜歡過我？哪怕只有一丁點兒？」

我默然，沒有回答。

奇怪，今天的她究竟是怎麼了，居然會變得這麼古怪？

由美突然笑了起來，大聲的笑，笑得十分刺耳，「騙你的，像我這樣的女人，怎麼可能學會什麼叫感性，我只是想看看你尷尬的樣子。」

「是嗎？看來我又被妳耍得團團轉了。」

我的臉上堆砌起一層稱為惱怒的表情。

「不和你鬧了，我要去召開董事會議。」由美吃力地撐起身體，她背過身向門走去。就在她正要伸手開門的一剎那，所有的動作全都唐突的停止了，她猛地後退了幾步，恐懼地死死盯著門的位置。

然後，門被人推了開來。

一個輕柔、但卻冰冷的能將身體凍結的聲音，傳了進來，「由美，我回來了……」

接著，一個女孩出現在我們眼前。

她穿著淡藍色的針織套裙，不食人間煙火的臉上沒有任何的表情，我揉了揉眼睛，當確定眼前人的身分後，身體頓時僵硬起來。

是戀衣，她，帶著她的屍體一起回來了……

「姐姐！」

由美惶恐地躲到我背後，煞白的臉上，露出難以置信的表情。

戀衣緩緩地向前走，然後向我伸出手來，我不由自主的後退了幾步。

戀衣的神色有些黯淡，她苦笑了一下，衝著自己的妹妹說道：「由美，妳過來。」

「不要！姐姐一定會殺了我。」由美緊緊地將我抱住，大聲喊道。

戀衣搖了搖頭，「我不會傷害妳的，由美，妳真的那麼恨高橋家的人嗎？」

「對，我恨你們！我要你們全部都死掉！」

由美驚恐的眼神中閃過一絲詭異。

「所以妳開車將爺爺撞成植物人。」戀衣頓了頓，「然後又毒死了美雪姐姐？」

我驚詫的轉頭望向由美。

只見她的臉抽搐著，全身都在顫抖，最後神經質地說道：「沒錯，都是我幹的！他們統統都該死！爺爺，還有姐姐，全部都只疼妳，從來就沒有人關心過我，只要有妳在，我什麼都得不到。我恨妳！從小就恨不得妳死。」

「由美……」

戀衣的眼角滲出了淚光，她用沙啞的聲音柔聲說：「安息吧。一切都已經結束了，妳不用再繼續痛苦下去！」

我眼看不妙，立刻擋在了她們中間，高聲道：「妳在說什麼？應該安息的是妳，戀衣，妳已經死了！」

戀衣沒有理會我，她走到由美的面前，眼睛一眨不眨的凝視著她，緩緩說：「由美，仔細想一下，那天在山崖上的時候，妳搶了黑匣子然後想將我推下去……自己卻失足掉下了山崖，由美，妳已經死了……」

這句話就像驚雷一般，震撼了我的大腦。

我猛地轉過身，眼神呆滯地望向由美。

由美全身僵硬，她將身體蜷縮起來，用力地咬著手指。

她抬起頭，用憤恨的眼神狠狠地盯著戀衣：「我不信！我明明已經把妳推下去了，怎麼死的反而是我？我不信！絕對不信！」

「由美，妳究竟還在留戀什麼？」戀衣嘆了口氣，憐惜地問。

「是妳！從小妳就奪走了我的一切！現在我剛剛才得到幸福，妳又出現了，我絕對不會讓妳把阿夜帶走，他是我的！」

由美突然站起來，拿起桌上的水果刀向戀衣衝去。

我還來不及反應，由美就被打倒在地，那個衝進來的男人惡狠狠地站在她跟前，怒吼道：「原來是妳殺了小雪！那麼溫柔的小雪，那個我一輩子最愛的女人，妳居然殺了她！」

是大井，他奪過由美的水果刀，一刀又一刀的刺在由美的腹部，「妳殺了她，我就殺了妳！妳給我去死！」

我完全被眼前迅雷不及掩耳的變化嚇呆了，什麼事也做不了，只是愣愣地呆站在原地，一動也不能動。

由美驚訝地看著自己胸口的大洞，洞裡什麼都沒有，也沒有鮮紅的血流出來，只有一個洞，透明的洞，透過那個洞，甚至可以看見身子下的地板。

「阿夜，救救我……我沒有死，我真的沒有死！」她痛苦地向我伸出手來，一邊喘息著，一邊流著淚。

我不忍心地伸出手，卻被戀衣一把拉住。

「阿夜，為什麼不救我？難道你從來沒有喜歡過我？我好痛苦，我的心臟好痛。阿夜，我愛你，從第一次見到你時就很愛你……你是我的，就算戀衣姐姐也不能把你從我身邊搶走。」

由美抬起頭，她全身變得黯淡起來，越來越淡，最後在痛苦的哭喊聲中化為飛灰，永遠地消失在這個疲倦的世界上……

人類，真的是既疲倦又忙碌的生物，但就是這樣的生物，又有幾個知道生存的意義呢？

或許人生最可悲的事情，就是明明已經死了，自己卻不知道，依然帶著生前的憤恨和痛苦，繼續活在以前的生活中，然後繼續痛苦下去……

永遠的痛苦下去……

然後在某一次痛苦之中飛灰煙滅。

那是自虐，還是可悲呢？

尾聲

在抬回來的棺木中，放著的確實是由美的遺體，戀衣默默站在妹妹的靈堂前，只是站著，從下午一直站到夜晚降臨。

「吃點什麼嗎？」我走到了她身旁。

她搖搖頭，沒有言語，甚至沒有看我一眼。

我嘆了口氣正準備走開，卻被她拉住了。

「陪我四處走走好嗎？」

她說完，便逕自向花園走去。

「這個花園是由美最愛玩的地方。小時候她常常編花環給我戴，雖然我無法流露出表情，但卻非常高興，真的很高興！」

戀衣的聲音低沉起來，「但我實在太笨了，居然一直沒有看出由美隱藏在心底的怨氣，不然就絕不會造成今天的局面。」

「誰知道呢？」

我疲倦地嘆了口氣，「就算妳發現了又能怎麼樣？妳能做一個稱職的好姐姐嗎？又或者妳那些勢利的親戚又會重視她嗎？說不定結局會更糟糕！」

戀衣輕輕靠在我的身上，「或許高橋家真的被詛咒了吧，自從得到黑匣子以後，雖然變得有錢有勢，但每一代都沒有什麼好下場，而剩下的人也只能不斷地在痛苦中沉浮，終有一天會掉入孽海，被痛苦所淹沒，永遠也爬不起來。」

「那妳呢？妳不是擁有預知的能力嗎？妳能不能看到自己的命運？」我問道。

戀衣搖了搖頭。

「我看不到，或許在某一天，我會靜悄悄地死在某個地方吧，然後曝屍荒野，被野獸將身上的肉一口一口全部咬下來，那是我想得到最好的死法。」

「妳這人太悲觀了。」我說。

「或許吧！」

她蹲下身，摘起一朵花道：「從小我就被培養成為黑匣子的繼承人，相對的，我的臉上失去了所有的表情，沒想到從黑匣子的束縛裡解放出來的原因，居然是因為自己的妹妹。

「其實在很早以前，我就發現由美有意無意的接近黑匣子，但我沒有阻止她，當時只是愚蠢的認為，黑匣子並不是每個人都能用，應該不會對她造成危害。

「可是我錯了，大錯特錯！黑匣子的怨念會將人類的負面影響無限的擴大，甚至將本人吞噬掉，由美就是因為過於頻繁的接觸黑匣子，才會變成今天這樣！」

「那個黑匣子裡，裝的是妳曾祖母高橋貞子的頭蓋骨吧？」我淡淡地說道。

戀衣看了我一眼，「你是什麼時候猜到的？」

「幾天以前。」我大為疑惑，「既然是妳的曾祖母，為什麼她會害自己的子孫？」

戀衣勉強地笑了笑，「沒錯，那或許並不是曾祖母的本意，又或者她也是身不由己，畢竟她已經死了，黑匣子可以將精神力數百倍的放大，但那種力量不是人類該擁有的，不管是活人還是死人。

「而且，那東西真的只是放大了精神力嗎？力量放大的同時，或許隱藏在死者大腦中的負面情緒也被增強了。

「那種情緒不斷影響活著的人，讓他們看到幻覺，感覺到許多本不應該注意的細節，然後那些人便會發現自己活了一輩子，其實根本就是碌碌無為的虛度時間。在生無可戀的情況下，他們自殺，或者去殺別人。」

「嗯，確實如此。」

我回憶了一下最近發生的事情，大為感嘆的點點頭。

「我知道你還有許多疑惑想要問我，不用客氣，儘管開口好了。」她用無神的眼睛望向遠處。

我抬頭看了看無盡的夜色，將腦中長久以來的疑問整理了一下，問道：「究竟狐狸嫁女那天是怎麼回事？妳為什麼會出現在我面前？」

戀衣淡淡說：「我是為了去追由美。她抱著黑匣子掉下山崖後，我就感覺黑匣子在那一瞬間啟動了。

「我頓時知道大事不妙，沒發現自己已經死掉了的由美，會幹出什麼事情，是我無法猜測的，所以我只好跟在她身後，卻眼睜睜地看著她被狐狸嫁女的隊伍搶走，然後我就遇到了你。」

「真的有狐狸嫁女？」我的眼睛睜得斗大。

戀衣卻不置可否地說：「不知道。或許那真的是狐狸嫁女，又或許只是由美的臆想，藉由黑匣子讓我們產生了幻覺。」

「妳也太不負責任了吧。」我不滿地撇撇嘴，「那天晚上我暈過去以後，懷裡原本是妳，怎麼早晨一起來就變成了由美？」

「很簡單，追我們的那個黑影就是由美，是我把她塞進你懷裡的。」

我突然恍然大悟，「那天將我打暈的也是妳？」

「沒錯。」

戀衣的臉上絲毫沒有愧色，「我看見你身上居然也會有黑匣子，一時好奇之下本想拿回去給曾祖父看看，結果還沒拿到，由美竟突然醒過來，她瘋狂的想要殺掉我，我只好逃了。」

「妳居然不顧我的死活，好歹我還救了妳！」我氣惱地叫起來。

戀衣淡淡說道：「復活過來的由美似乎有精神分裂的情況，一邊是平常的她，一邊卻是被黑匣子的怨氣侵蝕，變成了針對高橋家復仇的厲鬼。」

「那她為什麼要殺掉上杉和三元？」

「那只有由美自己才知道了，或許那兩個混蛋臭男人曾經對她做過什麼吧。」

「那由美的奶媽呢？也是她殺掉的？」我疑惑地問。

高橋戀衣「嗯」了一聲，「其實小時候，由美的奶媽對她並不好，常常將在爺爺那裡受的氣出到她身上。毆打她，甚至踢她，這也是我不久前才知道的。」

「不可能，再怎麼說，由美也是高橋家的千金！」我大為驚訝。

「千金？」戀衣苦笑起來。

「在上流人士的眼裡，只有兩種人，一種可以利用，就儘量去討好她，讓她認為全世界都繞著她在轉；

「第二種沒有任何價值，那樣的人對他們而言，就是垃圾，對待垃圾還有什麼好說的，不扔掉就已經很有良心了，她奶媽似乎也是這種人，而且還很清楚就算將由美打得半死，也不會有人理會。」

我呆呆地望著滿園盛開的鮮花，許久不能言語。

「所以，由美才會恨高橋家所有的東西，不論是人，還是集團，她都恨不得全部毀掉。」

戀衣頓了頓，神色黯然道：「或許她遇到你，和你相處的那段時間，才算是一生中最幸福的時光吧。只可惜你出現得太晚了，真的太晚了……

「不過，謝謝你。」她用那一瀅清潭似的雙眸望著我。

「謝我什麼？」

「謝謝你對由美所有任性的要求都接受了，就算那個會引起金融風暴的危險計畫，你也勉為其難的去支持她。」

「妳似乎誤會了什麼。」我轉頭回視她，「我是真的對她的計畫很感興趣，也真的會去幫她。如果妳當時不出現的話，今天晚上恐怕已經有許多人因為股市暴跌而跳樓了！」

戀衣的臉上頓時露出驚愕的表情，她呆呆的看著我，確定我並不是在說笑後，這才苦澀的笑了一下，「看來你也是個危險的人物。」

「妳不也一樣嗎？」我回敬道。

她嘆了口氣，「我發現了一個或許能夠消除詛咒的辦法，你想不想知道？」

「妳真的知道？」我立刻精神大振，高聲問。

戀衣點點頭，輕聲說：「詛咒原本就來自於黑匣子的怨念，只要將怨念消除掉，詛咒自然就消除了。」

「那究竟該怎麼消除它的怨念？」

「只要將它們拿到神社供奉起來就好了。」

我白癡似的張大了嘴巴。「就這麼簡單？」

「這個世界上，原本就沒有太多複雜的事，只是人類將它們想得過於複雜了。」

戀衣嬌嘆一口，「等那些黑匣子的怨念全都消失的時候，我再將它們還給你吧。」

「敬謝不敏了！」我急忙擺手道：「還是送給妳做個紀念，也不枉我們相交一場。」

戀衣看著我尷尬的表情，突然微微一笑，「曾聽你說過，福來友吉博士的兩個助手後來回到了家鄉，幹了一些令你百思不得其解的事，對吧？」

「沒錯，難道妳有線索？」

「我知道一些事情。就在福來博士找到長尾郁子做意影試驗的過程中，陸平和郁子瘋狂的相戀了，陸平要求她和丈夫離婚，然後和自己永遠的生活下去，但當時已經是法官妻子的郁子卻很清楚，自己的丈夫為了面子，絕對不會離婚，在那個封建與現代交界的時代裡，丈夫的話就是一切。最後，他們想出了一個可以永遠在一起的辦法。」

「什麼辦法？」

「兩人一起自殺！」

□

「郁子，妳決定了嗎？」在一個黑暗的房間裡，四十歲的長尾郁子和三十六歲的陸平雙手緊緊地握在一起。

「平，我比你大很多，就算這樣的我，也值得你為我死嗎？」長尾郁子有些憂鬱。

「當然值得！」

陸平溫柔地注視著她，「既然我們活著會被人阻撓，那就一起死好了。我們會永遠在一起的，一起上天堂，一起過奈何橋。當然，我們絕對不喝那碗孟婆湯，我要一直記著妳，就算輪迴轉世後也能記得妳，然後將妳找到，娶妳……」

「但如果硬要我們喝孟婆湯呢？」

「那我們就在孟婆的臉上狠狠踢一腳。」

長尾郁子呵呵笑著，傻笑。

然後，將裝了毒藥的瓶子舉起來。

「那我要喝了。」

「嗯。」

「陸平，我們會永遠在一起的，對吧？」

「當然會，就算妳一個人死掉，我也會讓妳活過來，然後我們一起再死一次……」

□

「長尾郁子和陸平在實驗室裡自殺了，但陸平卻並沒有死，他醒過來後才發現，原來郁子在他的瓶子裡裝的，只是加了安眠藥的普通藥劑。

「女人是不會希望自己一心愛著的男人死掉的，就算自己一個人孤獨的走在黃泉路，永生永世的被寂寞煎熬，也要讓自己所愛的人永遠活下去。」

戀衣的眼中泛著淚光。

我淡然笑了，「只是那些可悲的女人卻從沒有想過，男人也是一樣的心情？自己所愛的人先一步走了，在這個世界上剩下的就只有無盡的痛苦和煎熬，那樣的人生還有什麼幸福呢？而活下去，又有什麼快樂呢？」

高橋戀衣看了看我，感慨道：「是啊，人類就是這麼奇怪。陸平後來那些古怪的舉動，甚至不惜一切製造出黑匣子，或許他的願望，就是想讓長尾郁子復活吧！」

她舔了舔嘴唇又道：「長尾郁子死後，她的丈夫為了顧及面子，就宣稱因為試驗失敗，自己的妻子原本就很嚴重的心臟病變本加厲，郁子承受不了輿論的壓力，最後心臟病突發而亡。哼，真是諷刺。」

我的眼神迷茫起來。

「陸平那個可憐蟲，或許直到現在，還在世界的某個角落裡，拚命地研究著讓自己所愛的人復活的方法吧……如果找不到，他會一直找下去，永遠的找下去。」

不過，關於黑匣子的一切，對我而言，已經完全結束了。

□

參加完由美的葬禮，我搭飛機回國。

飛機漸漸地拔高，然後徹底離開了這個島國，就在穿入雲層的一剎那，我看見了一個倩影，是由美。

她含笑地望著我，不斷地向我招手，似乎想要我陪著她一起離開這個世界。

我傻笑著從座位上站起來，衝著窗外一個勁兒的揮手，雲如輕紗般縈繞，然後被機翼刺破，向遠處流去。

「阿夜，我愛你。你愛我嗎？」

「不知道。或許有一點吧，只是，我們相遇得太晚了……」

The End

關於另外兩個黑匣子的故事，請參閱《夜不語詭秘檔案 103：陰靈蘋果》，與《夜不語詭秘檔案 104：腳朝門》。

番外·詭髮（上）

頭髮，每個人都有。俗話說身體髮膚受之父母，頭髮除了使人增加美感外，主要是保護頭腦。夏天可防烈日，冬天可禦寒冷。但你有沒有想過，或許有一天，頭髮也會變成致命的東西。

畢竟頭髮，從古至今，在巫術裡也是最神秘的受祭品。空穴來風未必無因，或許人類，對自己頭頂上這三千的煩惱絲，瞭解的實在太少。

楔子

張芸最近睡得很不踏實，她一閉眼，就老是夢見自己被人抓著頭髮，在地上拖來拖去。她總是看不清楚抓住自己的人的模樣，甚至不知道他究竟是男還是女，又或者，到底是不是人。

每次夢的最後，她的長髮都被扯了下來。一絲一縷的黑髮從頭皮上脫離，沒有血湧出，只是飄散在空中，在空氣裡緩緩落下，掉在了地上。她的瞳孔放大，大大的眸子裡映著無比真實的一幕。

這是個血色的房間。

落地後的黑色髮絲，在接觸到地面的瞬間，就全都變白了。銀白！她下意識的伸出雙手看了一眼，只見手乾癟癟的，皮膚如老榆樹皮般粗糙蒼老。自己的血肉和青春，不知道被誰吸取了。

之後，就是尖叫，自己撕心裂肺的尖叫。張芸一邊驚慌失措的大叫，一邊從床上坐起身來。天微微亮，早晨五點四十五芬。女孩心驚膽戰的急忙就著微弱的光芒看自己的手，摸自己的臉。感受到自己青春富有彈性的皮膚時，這才鬆了口氣。

已經五天了，那真實到難以置信的夢她足足做了五天。每天都不間斷。這究竟是怎麼回事？都說日有所思夜有所夢，可她最近並沒有遇到足以影響自己心緒的事情啊。

張芸睡不著了，她起床後走到廁所，擰開水龍頭，一股清澈冰冷的水流湧了出來。用力捧了些水灑在臉上，頭腦更清醒了一些。她簡單的洗漱化妝，然後上班去了。

在這個陌生的城市，張芸的朋友並不多。只有幾個大學畢業後共同留下來的同學。工作的同事是不可能成為朋友的，哪怕平日裡在公司有多熟悉、要好到可以一起約著去洗手間上廁所對著鏡子化妝。

但在工作崗位上摸爬滾打了一年多的張芸，早已經摒棄了自己天真的想法。公司的制度很嚴格，能上位的永遠只有一個。你認為最好的朋友，或許就是在背後狠狠捅你一刀的傢伙。

「小芸，最近妳的氣色可不太好。」前臺接待小李笑笑地看著她。

張芸摸了摸臉頰，「是啊，這幾天睡覺老是不踏實，做惡夢。」

「快要週末了，找個地方去散散心。」小李關心道。

張芸在心裡冷哼，臉上卻笑容滿面，「多謝關心喔，我考慮一下。」

這個小李可不是簡單的角色，據說和部門經理有一腿。最近部門經理老是找自己的麻煩，竭力推舉小李替代自己的位置。你妹妹的，一個小前臺爭著企劃部的職位，她和經理的腦袋都有病嗎？就算自己讓位，她真的能勝任？

「要不去附近的溫泉山莊吧，溫泉對人的身體很有好處，還能舒緩神經呢。」小李提議。

「嗯，好建議。」張芸一邊敷衍一邊刷員工卡進了大門。

她思忖著，雖然那死女人有陷害自己的打算，不過倒是有一句話說對了。這個週末是不是真的該找個地方玩玩，放鬆一下呢？再做惡夢下去，她的小身子骨可實在承受不住了。

於是當晚，她就打電話給幾個大學時的朋友，邀請她們週末去溫泉酒店玩。朋友們紛紛欣然同意了。

禮拜六一早，三個很久沒有聚在一起的同學聚在一起，一邊八卦一邊搭乘捷運趕往預訂好的酒店。酒店的名字很有趣，叫做邊城，掛牌三星級。

「星星，很久沒見，妳又變漂亮了，而且胸部還滋長了那麼多。羨慕嫉妒恨！」舒服地泡了溫泉，吃了晚餐。三人穿著睡衣嬉笑打鬧，然後圍成一圈打牌。張芸酸酸地用眼睛測量好友的兩團高聳隆起。

「就是，就是，不會去了韓國旅行吧？」李梅也用力點頭，一同羨慕。

「哪有，我才沒隆胸呢。」星星橫了她一眼：「千怪萬怪，只能怪本小姐自身條件太好了。」

「臭屁死妳。」兩人同時噓道。

星星故意摸著自己的胸部，美美地將頭仰起四十五度：「羨慕就說嘛，唉，我也是千百個不願意。要不，分妳們一點。」

張芸和李梅同時低下了頭，表示對自己胸圍的尺寸十分無力。

「對了，小芸。聽說妳最近睡得不好。」李梅乾脆地岔開了話題。

「對啊，老是夢到有人扯我頭髮，都快一個禮拜了。怪得很！」張芸點頭，一臉陰鬱。

「據周公解夢中說，夢見頭髮被人抓來抓去，意味著死亡或由於不幸，自己的丈夫以及男友會離開。」星星舉起手，一如大學時那麼活躍。

「唉，星星。妳這女人還是那副德行，一天到晚看周公解夢和星座運程。跟妳的大胸部形象完全不是一個程度嘛。」李梅撇撇嘴，吐槽道。

星星嘟嘴，「難道胸部大的女人就不能研究玄學了嗎？」

「好啦，星星。妳的意思是，夢見被人扯頭髮，是不祥的預兆？」張芸摸了摸自己烏黑的長髮，有些心不在焉，「可我連男友都沒有，更別說老公了。哪來的人離開我？」

李梅再次吐槽，「星星剛剛還說，這個夢意味著死亡咧。」

「會死？」張芸心裡打了個冷顫，「誰會死？」

星星眨了眨眼睛，不自然地笑道：「小芸，認真妳就輸了。我就是開個玩笑而已。上次我接連幾天都夢到蛇，周公解夢裡說，夢到蛇會有財運和豔遇。結果到現在我都還沒遇到我的男人呢。」

「就是，芸芸，妳究竟在擔心什麼。精神有些恍惚哦！」李梅用手指輕輕彈了彈她的前額。

「還好吧，精神哪有恍惚！」張芸否決後，又沒自信地問：「真的有些恍惚嗎？」

「沒有啦，妳真是的。」兩個女孩同時喊道，她們三人視線落在一起，同時開心地笑了起來。

「好久沒聚聚了，真好。」躺在地板上，看著天花板，李梅說道。酒店裡的時間溫馨地流淌著。

「是啊，大學畢業了幾年，人生觀和價值觀都被這污穢不堪的社會改變了。」星星也感嘆著。

「不過我們永遠都是好朋友。」張芸堅定地說：「永遠。」

「廢話。」李梅再次感嘆，「但是我更想要男人啊，男人！」

「妳這死女人，大學已經發了四年春了。」星星鬱悶地瞪著她看了幾眼，也同樣感慨，「老娘我也想要男人啊，都沒人追求我。難道這世界大胸部女人已經不吃香了？」

「妳們越來越無聊了。」張芸踹了她們一人一腳，隨手關上燈，「睡覺。」

凌晨十二點半，三個女孩熄燈，靜靜地躺在一張大床上。不久後紛紛陷入夢鄉。

或許是受到朋友的影響，張芸上半夜夢到了大學時的生活，甜甜的笑一直都瀰漫在嘴角。可不知何時，夢的味道變了，就連陽光明媚的校園也變了色調。陰暗、壓抑，甚至能聞到腐爛的臭味。

同樣是校園，卻彷彿是老相片般，失去了豔麗的色彩。張芸被關在了夢裡的校園中。剛才還熙熙攘攘的學生和老師，下一刻就消失得一乾二淨。空無一人的走廊，空無一人的操場，空無一人的學校。

一切，都在褪色。就連自己的記憶，也在褪色。張芸能清清楚楚的察覺到，自己在夢中。她，在做夢。可是夢從來不是人類能夠控制的生理反應。清晰的場景，甚至有觸感和嗅覺。女孩完全搞不明白，為什麼夢，竟然能如此真實。

猛地，一隻漆黑的猶如爪子般的大手牢牢地抓住了她的長髮。她被拖倒在地，那隻手用力地往前走。她感到頭皮都快撕裂了，整個身體被拖行在地板上。張芸拚命地想要看清楚抓自己的究竟是誰，可是，那個人她始終見不到模樣。

甚至分辨不出是男是女。

真實到難以置信的痛覺充斥了整個大腦。張芸徒勞地抓住那雙手，徒勞地掙扎著。接觸到手的皮膚，不由得泛起雞皮疙瘩，猶如摸到了千年寒冰似的，她整個人都冷得發抖起來。

她想要尖叫，想要醒來。可是卻毫無作用。那人不知道將她拖行了多久，總算停下了。這時候張芸才發現，自己居然在一個熟悉的房間中。這裡很明亮，而且有床有鏡子。

看了幾眼，她驚訝地呆住了。這裡，竟然就是自己入住的酒店房間。對面的床上，甚至能看到三個睡覺的女孩。

雙腿呈現大字形的是星星。李梅睡得很小巧，蜷縮成一團。而滿臉都因為痛苦而扭曲的女孩，真是她張芸。

這，這究竟是怎麼回事？靈魂出竅？

從房間的鏡子裡，她看不到其餘的東西。不，有一團黑色的難以描述的物體飄浮在空中，就是她現在所處的位置。女孩仔細的辨別著那團黑色究竟是什麼。

終於，她看清楚了。是頭髮，她自己的頭髮。長長烏黑的髮絲從空中飄落，飄在了躺在床上的她的臉上，然後順著鼻孔、眼睛、嘴巴和耳洞，緩慢的鑽了進去。

再然後，她覺得有夢醒了的跡象，心中總算是鬆了口氣。眼前一黑，可惜再也沒有了醒來的機會。

張芸死了，猝死。她的兩個大學同學在當天早晨驚魂未定的發現，女孩頭頂的黑髮彷彿蟲子似的，不知因何原因進入到張芸七竅中，堵死了氣孔，甚至有幾十根鑽入了肺部和內臟，將她的臟器鑽得亂七八糟。

這個城市，每天都會因為稀奇古怪的原因死掉許多人。她的死亡，除了點綴報紙的花邊新聞，並沒有任何價值。

但，恐怖的事，卻才剛剛開始……

01

張雯怡的遠房姐姐死了，雖然這位叫張芸的姐姐比她大幾歲，而且並不常回老家。但是她對她的記憶還算清晰。長得清秀、做事認真，而且，對自己很不錯。

今年張雯怡剛好升上大三，就在春城附近的一個縣就讀大學。對於莫名其妙、突如其來死在春城的姐姐，她代表老家的所有人去了葬禮。

坐在開往春城的公車上，看著不斷在眼前飛掠的景象，女孩不禁有些感慨。春城，是那個人的故鄉。他，還好嗎？

《腳朝門》的事件讓自己偶然遇到了他，經歷了一番詭異到至今都難以置信的事情。不知不覺已經過了三四年，恍如一瞬間似的，到現在，張雯怡還覺得那時的遭遇，只不過是一場惡夢

他走得很突然，言之鑿鑿的說要飛赴日本解除兩人的詛咒。沒錯，詛咒確實是消失了。可是自己，卻再也沒有見過他。

那個帶走了自己的心，帶走了自己的靈魂的男孩。他，還好嗎？

張雯怡用手撐著下巴，呆呆地看著遠處的風景發愣。車不知何時停下的，她提著行李下車，掏出地址看了一眼。

下灣區六十五號。

循著門牌，女孩總算是找到了位置。那是一個不算老的小樓，門口擺滿了花圈和紙人。穿著一身白的中年婦女正悲切的坐在大門口，眼神發蒙的直視前方。只有當紛紛趕來祭奠的人進門時，她才微微地點點頭，表示歡迎。

這個婦女正是張雯怡的三姨，張芸姐姐的母親。

三姨見提著行李的女孩走近，連忙站起來，用沙啞的聲音迎接道：「雯怡，妳來了？」

「嗯，三姨，節哀順變。」張雯怡嘆了口氣，不知道該怎麼勸說。

「我知道。唉，白髮人送黑髮人的感覺，真是難受。妳姐她怎麼就突然死了。」三姨絮叨叨的搖動頭，精神恍惚，「以後要孝敬妳媽，當父母的真不容易。當年我忙工作不要小孩，妳媽使勁兒勸我。有了妳姐後，感覺天都變了，工作也似乎不重要了。我就後悔沒多生一個，要不然也不會變得絕後。」

「是，您以後就當我是親生女兒吧。我會孝敬您的。」張雯怡安慰道。

「唉，進去看看妳姐最後一面吧。」三姨又嘆起了氣，示意她進去。可等她真的進去後，居然加了一句話：「小心點，別被她的樣子嚇到了。」

「嗯，姐姐生前多漂亮一個人，怎麼會嚇人。」張雯怡客氣的一邊說，一邊朝靈堂內走去。

春城這邊的習俗，總是人死後將屍體擺在靈堂裡，用一片白布蓋著，直到頭七過後才會送到火葬場火化。不過最近的天氣很熱，張芸的屍體只能擺放三天。今天下午五點，就會被運走。

屍體附近有兩個女孩正哭得很傷心，正用紙巾不斷地擦著眼淚。

「您好，妳們都是小芸姐的朋友？」張雯怡小心翼翼地問。

「大學同學。」其中一個胸部海拔令人自卑的女孩一邊哭一邊伸出手，「我叫星星。」

「我叫李梅。」另一個女孩也抽泣著和她握了握。

「我叫張雯怡，小芸姐的遠房妹妹。」張雯怡有些感動，小芸姐居然能有如此要好的姐妹，令人羨慕。

「她死時，我們三個還躺在一張床上。這死女人，怎麼說死就死了！」星星哭得更加悲傷了。

「是啊，我們三個還說誰結婚了，就去當誰的伴娘咧。」李梅深深地呼吸著，聲音哽咽。

張雯怡也險些哭出來，雖然交流不多，但從小和張芸的點點滴滴湧上心頭，還是讓她難以承受。人的生命，只有見過死亡後才清楚，究竟有多脆弱。

女孩在靈臺前蹲下，燒了一些紙錢後，輕輕揭開蓋著張芸的白布，想要看看姐姐最後的儀容。可是這一看，就嚇了一跳。

張芸死去得一點都不安詳，甚至有些恐怖，就連屍體化妝師都沒辦法改變。只見死者的臉上佈滿了黑色的頭髮，髮梢全都倒灌進了張芸的七竅中，慘不忍睹。那些髮絲帶著無比的詭異，不但完全遮住了芸姐的臉，而且還有種令人不寒而悚、難以言喻的東西。

彷彿主人雖然死去，但頭髮還活著似的。

張雯怡不由得搖了搖頭，自己怎麼會有這麼奇怪的想法？雖然人死後，頭髮組織確實還會長，但並不代表它們有廣義上的生命。

看到女孩沒有被嚇退，只是臉色稍微白了點，星星佩服的抬起頭，「妳膽子真大，我第一次看到的時候，尿都嚇出來了。」

「還好吧，她是我姐姐，就算死了也不會害我，怕她幹嘛。」張雯怡暗忖，四年前遭遇過更可怕的事件，一個死狀怪異的屍體怎麼可能還會令她恐慌。唉，物是人非，現在的自己還是當時的自己，可現在的夜不語，他變得怎樣了呢？

想著想著，就有些發癡。

「別悲傷了，節哀。」看她發呆，李梅不由得拍了拍她的背，「妳姐沒做過壞事，下輩子肯定會投身成人。」

「話說，小芸經常感慨下輩子當蒼蠅都要當公的。雌性生物太吃虧了！」星星回憶起從前在宿舍中，三人經常展望未來，咧嘴露出難看的笑。

「是啊，當雌性真的太吃虧了……」張雯怡喃喃道。雌性生物對心儀的人總是無法忘掉，而男性卻大多絕情。這麼多年了，不知道他遇到了多少漂亮女孩，或許，早已經將自己的存在拋到了九霄雲外。

至少，那個姓夜的，從未和自己聯絡過。可自己，卻對他夜思苦想，輾轉反側。至今任何男人都看不上眼。

大家不由得各自想起了自己的傷心事，同時嘆了口氣。

「小雯怡，妳讀大幾了？」星星收斂起悲哀，隨口問。

「大三。」張雯怡端坐在靈堂旁，將芸姐的臉再次蓋上。

「明年就要畢業，走上可惡可憎的社會了。」李梅怕了拍女孩的臉：「哇，皮膚真好，妳比妳姐漂亮多了。學校裡很多人追吧？」

「有一些。」張雯怡乾笑。

「有男朋友了沒？」星星八卦的滿眼都是小星星。

「沒，沒有。」見到旁邊的兩位姐姐女色狼的模樣，她不由得向後縮了縮脖子。

「這麼漂亮居然沒男友，妳標準太高了吧！」李梅一副不相信。

「呵呵。」張雯怡笑得有些尷尬。曾經滄海難為水，遇到過那個該死的夜不語，讓她今後再怎麼去正視自己的擇偶條件？

看她臉色發紅，兩個女色狼不懷好意的笑起來。突然，星星的視線瞥到了身旁張芸的屍體，不由得一愣，「小梅，剛剛小芸的頭應該是正對著天花板的，對吧？」

「對，化妝師幫她化完妝後，就把小芸的脖子扶正了。」李梅奇怪道：「妳問這個幹嘛？」

「可是……」星星欲言又止：「算了，妳還是自己看。」

張雯怡跟李梅順著她的話看向屍體，突然嚇了一跳。張芸本應該正常仰躺的頭，現在居然偏向了別一側。彷彿，被白色布料掩蓋著的腦袋中，有一股如有實質的視線在悄無聲息的死死盯著三人看。

「怪嚇人的，還是替她弄正比較好，免得嚇到瞻仰遺容的人。」李梅猶豫了片刻，伸出手想要將張芸的頭擺正。可是當她的手接觸到屍體時，猛地觸電似的縮了回來。

星星緊張地問：「怎麼了？」

「被什麼東西扎了一下，痛得很。」李梅皺眉，撫摸著自己的右手。

「算了，我來。」星星見張芸偏著頭的模樣，很不自在。乾脆伸手去扶，結果一摸到白布，手上也傳來針扎似的痛楚，甚至感覺有什麼細小的東西鑽了進去。

張雯怡十分奇怪，一般人死後幾天，骨頭肌肉就僵硬了，除非機率極少的會遇到刺激抽搐幾下，否則就算是用手掰動都會花很大的力氣。小芸姐姐的頭，卻偏偏自己轉動了。雖然白布遮住了屍體的眼，可她還是能察覺到，隔著布匹裡確實有一種窺視感。不光在看她，更在看李梅和星星。

實在是有些怪異。

「還是我來吧。」搖頭將自己的奇怪感覺搖掉，作為親戚，自然不能讓外人看笑話。張雯怡伸手，終究還是將姐姐的腦袋掰回正常位置。張芸的脖子很硬，她花了很大的力氣。感覺到屍體的肌肉和脖子間灑落的一截頭髮，觸感很微妙，至少很難用言語描述出來。

白皙的雙手正想離開接觸點時，一股突如其來的刺痛傳遞進神經中樞，痛覺瞬間出現，又在下一剎那消失得無影無蹤。張雯怡下意識的一邊輕聲驚呼，一邊縮回手。

不知是不是錯覺，她的眼眸竟然捕捉到一根極短的黑色物體迅速的鑽入了指甲縫隙中，其後就再也尋找不到了。

錯覺吧？

女孩眨巴著眼睛，驚疑不定。

希望，真的是錯覺。

02

葬禮過後，李梅回到了家，繼續自己三點一線的生活。家，公司，家，無限迴圈。安穩的過了十天平凡無奇的生活，她逐漸將自己大學好友的意外死亡忘得一乾二淨。

第十一天晚上，她做了個惡夢。

夢中的天空昏黃沒有色彩，猶如褪色的照片。一雙手使勁兒的拽住了李梅的頭髮，她摔倒在地，被不知從哪裡伸出來的手倒拖著走。無論她怎麼掙扎，怎麼反抗，都毫無用處。

終於，她才猛地醒了過來。厚厚的窗簾遮蓋住了外界的光線，只有桌子旁的鬧鐘在滴滴答答的走個不停。李梅驚慌失措的視線毫無焦點的亂晃一陣，意識這才逐漸清醒，

鬧鐘的指針，正好路過清晨五點四十五分。

李梅坐在床上，渾然不清楚自己怎麼會做這種怪異的夢。那夢，真是給人身臨其境的真實感，嚇得她心臟急跳到現在還沒平靜。

收拾乾淨後，早早的從出租屋內走出來，坐著地鐵去上班。順便抽空打個電話給星星，用調侃的語氣講述了昨晚的夢。

沒想到星星嚇得連聲音都發抖起來，「小梅，妳的夢跟我一模一樣。」

「不會吧。」李梅有些驚訝。

「妳說，小芸死前也做過同樣的夢。她的慘死，會不會和這個夢有關？」星星緊張道。

「怎麼可能，我看是咱們倆都因為小芸的死受了刺激，而且她臨死前還講過自己的夢。所以不小心受了她的影響。日有所思夜有所夢嘛，很正常。」李梅不是很在意，她這人從來不迷信，「妳就不要瞎想，自己亂嚇自己了。」

「妳說的也有道理。」電話那頭，星星沉默了一下，「今晚如果還做同樣的夢，要不，就找個廟拜拜？」

「行，陪妳去！」李梅爽快地答應了。她決定今天下班後就去逛街，吃些好的，調整心情。那種可怕的夢，她才不願意做第二次。

事與願違，同樣的夢，第二天晚上，她又做了一次。不過這次，持續時間卻長了許多。長到她幾乎要精神崩潰了！

第三天一早，兩人在麥當勞裡碰面，吃著早餐，唉聲嘆氣。只需要看到對方滿是大大黑眼圈的糟糕精神狀態，就明白了一切。

「果然，妳也做了那個怪夢？」李梅心裡發冷。

「當然做了，昨天比前天的還可怕，還要長。雖然是在做夢，可到現在我都還覺得自己的頭皮在隱隱發痛。」星星摸著自己烏黑的長髮，驚魂未定，「我們是不是被詛咒了？」

「詛咒？被誰？」李梅不解的反問。

「小芸，當然是被小芸詛咒了。」星星將手裡的杯子重重的放在桌面上，就連淑女都顧不上裝了。

「我們從來沒有虧待過小芸，她怎麼可能詛咒我倆？」李梅緩緩搖頭。

「可是真的沒有過嗎？妳忘了，剛開始我們的三人組，其實是從欺負她逐漸建立起友誼的。」星星臉色凝重：「大一時，我們把張芸欺負得很慘。」

「大二下學期不就和解了嗎？大家還因此成為了死黨。」李梅依舊搖頭。

「或許小芸，一直懷恨在心呢。小梅，妳忘了大三的時候，妳還搶過張芸的男友。她嘴裡說原諒妳，或許心中怨妳怨得要死。」受到未知的危險侵襲，星星的大腦有生以來第一次運轉得這麼快。

「小芸不是這種人，妳應該比我更清楚。」李梅打斷了她，斬釘截鐵道：「三人不管再怎麼死黨，可要將不和諧的東西找出來，還是能找到一大堆。總之，妳的詛咒論，我是絕對不相信的。張芸，根本沒有理由怨恨我們。」

「那，我們為什麼會不約而同的做那怪夢？」星星縮了縮脖子。

李梅苦笑，「不知道。」

「今天蹺班吧，去高譚寺。我認識一個德高望重的法師，很靈驗。說不定能幫我們化解災難。」星星總覺得心裡慌得很，怕有更可怕的事情發生。

李梅想了想，終於還是同意了。她雖然不信玄學也不信佛，但心理層面上的東西還是需要心理安慰。或許進寺廟燒一些香跟紙錢，惡夢也隨之煙消雲散呢。

誰知道呢。

兩人馬上決定蹺班，關掉手機去了一趟高譚寺。星星嘴裡推崇備至的法師為她們做了一場法事，從早到晚被折騰了接近八個小時，兩人才拖著疲倦不堪的身體往回走。

「沒想到所謂的法事居然那麼累人。」李梅感覺自己悔不當初。那位高僧所謂的驅邪辦法居然是找了十幾個剃了光頭的和尚和尼姑，敲鑼打鼓吹喇叭的圍著她們轉了一整天。就連午飯都不准兩人吃。

在街頭隨便找了些吃食祭奠過五臟廟後，她舒服地發出一聲呻吟，「感覺快死了。」

「我倒是覺得神清氣爽，好像又能多活幾十年了。」星星信這個，當然感到今天的法事令自己猶如重生，穢氣盡去。

「法事花了不少錢吧？」李梅問。

「當然，我兩個月的薪水呢。」星星和她碰了碰杯以示慶祝：「AA 制，錢我先幫妳墊，回去妳可得還我。」

「行。」李梅嘆了口氣，「希望真的沒事了吧。」

「要不，晚上跟我一起住，大家壯壯膽？」星星遲疑了一下。

李梅頓時就笑起來，「看來妳信心也有些不足。」

「哪有，我是等著讓妳見識奇蹟的發生呢。」大胸女孩挺了挺自己的雄偉胸部，引得大排檔眾多男性紛紛窺視。

吃飽喝足後，兩人散著步回到了附近的星星租住的公寓中。

晚上，奇蹟真的發生了。她們洗完澡，不約而同的同時睡著，同時做夢。但夢並不美，依舊是那被看不清楚面貌的人拖著頭髮滿走廊移動的夢。

她們在同一時刻驚醒，心跳急促地從床上坐起。女孩們對視一眼，毫無意外的看到了對方臉上蒼白無血色的表情。

清晨五點四十五分。

「星星，妳的頭上流血了。」努力平靜著心情，拉開床頭燈，李梅突然驚呼了一聲。只見星星的黑髮間點綴著絲絲血跡，不知為何，她的頭皮居然破了。

「小梅，妳，妳也是。」星星嚇得不輕，右手顫抖的扯過一張衛生紙替她擦拭了一下。潔白的紙上，全是殷紅的血跡。

妖豔無比。

在燈光下，血的顏色間夾雜著幾根被扯下來的黑髮，靜靜的、無聲的，散發著難以言喻的詭異。

03

張雯怡的宿舍迎來了兩個訪客，兩個神情憔悴的女孩。看到她們的時候，她有些驚訝。不久前的星星和李梅，看起來還精神抖擻，現在卻彷彿隨時都會被風吹倒，恍惚得厲害。兩人的頭頂，都戴著樣式相同的帽子。

大熱天戴帽子，真的很礙眼也不符合季節。

「妳們怎麼了？」雖然對兩人為什麼來找自己，她有些莫名其妙。

「小雯怡，妳知不知道張芸的母親搬去了哪裡？」星星迫不及待地問。自從張芸死後，三姨就搬回了老家。李梅等人根本沒辦法聯繫。

「她回了黑山鎮養老。」張雯怡回答。

李梅頓時激動起來，「快把地址給我們，我們想去看探望伯母。」

女孩遲疑了一下，「給妳們地址是沒問題，可，妳們到底發生了什麼事，怎麼才半個月不見，居然變成了這副人不人鬼不鬼的模樣？」

說起來雖然和兩人只接觸過一次，但是覺得她們人挺親切的。直覺告訴張雯怡，李梅和星星，肯定遇到了難以解決的大問題。

「我們做了個夢，很可怕的夢。」星星考慮片刻，也顧不上別人笑話，決定實話實說。

「夢？」張雯怡突然臉色就低沉了下來，「是不是夢見有看不清臉甚至分不清性別的人扯著自己的頭髮，在走廊裡被莫名其妙的拽來拽去？」

「沒錯！小芸講給妳聽過？」李梅立刻來了精神，如同抓住救命稻草似的，緊緊握住了她的手腕。

「沒有。小芸姐從沒告訴過我。我之所以知道的原因，也有些難以啟齒。」張雯怡流露出一絲苦笑和駭然，「因為最近，我也在不斷做這個夢，已經四次了！」

坐在床邊的兩個女孩同時嚇了一大跳，語氣結巴，「就連妳也在做那種夢？」

「是啊。很真實的夢，有時候我醒來，滿身冷汗，頭皮都在發痛。」張雯怡回憶著。

「還有更可怕的。妳看看我的頭髮！」星星激動地揭開頭上的帽子，女孩移動視線，頓時呆住。只見星星的腦袋上，原本黑漆漆的長髮掉了幾縷，甚至能看到雪白的頭皮。原本應該充滿黑色的地方間或點綴著白色，十分顯眼。難怪她會戴上帽子。

「我的也是，早晨甚至還流血了。」李梅也將帽子拿掉，她掉髮的情況更嚴重，頭頂甚至有大片頭皮露了出來，頭皮中間還結了幾個血痂。

眼看著詭異的現象，張雯怡不由得怕了起來。她做了幾天同樣的惡夢，但情況遠遠不如兩人嚴重。可，這究竟是怎麼回事？難道互不相干的人，夢，都能做一模一樣的？

借用夜不語的話，這不合邏輯，更不科學。

張雯怡沉默許久後，才猛然抬頭，「把事情的前因後果告訴我吧，以前就覺得小芸姐姐的死有些蹊蹺。既然我們三人都同命相連了，就要做好最壞的打算。」

經歷過《腳朝門》事件，女孩遠遠要比同齡人的心理承受力強得多，遇事也更冷靜。

星星和李梅對視一眼，認同地點頭。於是李梅開始講述，星星在一旁補充。將張芸怎麼做了怪夢心神不寧，然後邀請她們去溫泉旅行，最後死在了酒店的房間中。

張雯怡聽完，靜靜的坐在床腳，一聲不哼。腦子裡在不停地分析事件，最終卻找不到任何有用的資訊。

「我打電話問問三姨，看她身上有沒有相同的情況發生。順便再要一張來過葬禮的客人名單，問問他們最近做過怪夢沒有。」既然在張芸身上找不到線索，張雯怡很快就下了個決定。

接著她忙碌起來，不斷地打電話，足足花了三個多小時，才將該聯絡的人聯絡完。期間星星和李梅大眼瞪小眼，搞不清楚為什麼眼前比自己小那麼多的女孩，在這種恐怖的壓力和未知的恐懼中，居然能如此鎮定。

張雯怡終於打完了最後一個電話。她拿著一本寫著資料的記事本，端詳片刻，嘆了口氣，頹然道：「參加葬禮的一共有一百二十一人，沒人和我們有相同的遭遇。我個人認為，發生在我們三人身上的惡夢很有可能來源於張芸姐，她的惡夢傳染給了我們。她的死因表面是因為毛髮進入氣管堵塞了呼吸，可是我曾偶然聽醫生說，張芸姐的內臟已經被自己的頭髮穿刺得千瘡百孔。在窒息前，就已經死了。」

星星兩人沉默了，李梅反應片刻，面若死灰，「我覺得，恐怕我們三人的下場，也會和小芸一樣。」

沒有理由，其餘兩人也有同樣的預感。

「還不到絕望的時候，既然已經確定了根源在小芸姐的身上，那麼解決的辦法應該也在她身上。」張雯怡搖搖頭，神色堅毅地說：「雖然不明白為什麼我們會做同樣的夢，畢竟實在沒有理由。我們三人在葬禮上是第一次見面，說話也不多。可是那個可怕的夢，為什麼卻偏偏選中了我和妳們？要說是詛咒的話，我可以很自信的確定，我，以及我的父母家庭肯定沒有得罪過小芸姐。甚至對她家有過很多援助。」

「所以，這絕對不是詛咒。而是別的，更加難以解釋的東西。」張雯怡頓了頓，措辭道：「借用朋友的一句話，這是超自然事件！」

「男朋友？」星星這時候還不忘八卦的加上一句。

剛剛還口若懸河的張雯怡臉頰頓時通紅，害羞地瞪了星星一眼，「星姐姐，我沒有男朋友。」

「是，是，妳沒有男友。是單戀吧？」李梅因為張雯怡的自信也稍微感染到了些許的勇氣，抽空調戲，一臉過來人的模樣。

不由得想起了那個人，張雯怡哀怨的不斷嘆氣。星星和李梅面面相覷，不由得鳴起了不平，「妳不會真的是單戀吧。小雯怡，妳漂亮到大多數女人都嫉妒，而且人又有氣質。才貌兼得，我是男人的話死纏爛打都會想娶妳呢。居然有男人會讓妳單戀，太不可思議了！」

張雯怡苦笑，「好啦，李梅姐，妳越來越像個女色狼。」

「嘿嘿。」李梅乾笑了兩聲。

「不過，我們的事，我一個人根本沒辦法處理。再這樣乾等下去，恐怕會有生命危險。」張雯怡低下頭，望著腳尖，話音一轉，「如論如何，都要聯繫到我的那位朋友。」

是啊，事情的詭異程度已經超出了她的處理範圍，女孩甚至無法理解事件的起因。要聯絡他嗎？要聯絡已經接近四年沒有見過的他？

他會不會還是那副模樣？冷靜執著、勇敢堅強？他，會不會因為很久沒見到自己而想念？他，有沒有變瘦？

自己，真的要聯絡他嗎？

思潮湧動間，女孩想過了無數個心思，不由得就癡了。

「喂，妳在想什麼？」星星用手在張雯怡的眼前不斷晃動，她這才清醒過來。雙頰更紅了，一副發燒的模樣。美麗的臉上浮現著絲絲期盼和苦澀交纏的複雜神色，女孩終究還是在隨身攜帶的記事本中翻到最後一頁，看著一個郵箱再次發神。

那是自己辛辛苦苦才問到的Email，是他的。多少年了，一直都沒有勇氣寄信。可其實在電子郵箱的草稿欄中，已經寫滿了對他的思念。不過，她的手卻總是無力的，沒辦法用滑鼠點下「發送」按鈕。

不過這次不同，這一次，沉甸甸的飽含著三個人的命。

張雯怡將事件的前因後果寫在郵件中，寄了出去。她無法確定那個電子信箱是不是已經廢棄，她在用命去賭。

現在，只剩下等待了。

夜不語是在第七天下午看到郵件的。寄件人的名字很刺眼，刺痛了他的回憶。迅速看完信後，一種危險感不斷地湧上心頭。他沒辦法冷靜，也沒有去想太多，急忙拿起電話，輸入號碼撥打過去。

可是事情已經進一步惡化了。

三人開始做惡夢的第六天，三個女孩過得並不好。雖然記得張芸曾經說過，做了五天惡夢，而她也正是死於第六天。可第六天的晚上安然過去，女孩們本應該鬆一口氣的。

可是，她們卻怎麼都高興不起來。因為在那一晚的夢中，三個人不約而同的感覺到了赤裸裸的死亡。李梅的長髮從頭皮上剝落得越來越厲害，她去了醫院檢查，但醫生無論如何都沒有找出病因。女孩的身體很健康，最後醫院開了一大堆的營養品給她，並叮囑她多吃核桃滋養頭髮，也別讓自己壓力太大。

見鬼的壓力，老娘都快要死到臨頭了！李梅氣得幾乎想要對著醫院吐口水，她忍著怒火回家。張雯怡和星星跟她住在一起，因為大家都面臨著同樣的恐怖折磨，住在一起也比較容易有個照應。

就在那天晚上，詭異的事情發生了。

過了凌晨兩點半，三個女孩實在受不了熬夜的痛苦，就算喝再多的咖啡也沒辦法保持大腦的清醒，於是或縮在沙發上，或躺在地板上，姿勢不雅地睡了過去。原本儘量熬夜少睡覺的提議是張雯怡首先提出來的。她認為夢裡的危險，如果不睡著的話，出現危險的可能性就會少很多。

但人本就是通過睡眠來修補大腦和全身，特別是二十歲出頭的女孩，哪一個不是睡覺當美容的主。忍了一天多，還是抵擋不住夢魔侵襲。

今晚李梅的夢境更加的可怕，她被那隻手拖著，頭髮稀稀拉拉地往下掉。突然就感覺呼吸困難起來。拉著她頭髮的人，終於回頭看了她一眼。李梅本以為總算能看清楚兇手的臉，可是視線中，那人居然除了頭髮，臉部就是一片模糊。

女孩覺得自己肯定是看到了對方的臉，可是偏偏大腦記不住那人的臉部特徵。甚至，依舊無法分辨是男是女。

李梅被拖了很遠，夢中的人突然使勁地將她扯起來。頭髮在對方的手中，李梅就這樣只是依靠著頭髮懸吊在空中，被風一吹，晃晃悠悠的猶自搖擺。她痛得快要發瘋了！

對方手一甩，將李梅扔進了一個軟綿綿的所在。女孩驚駭的發現自己在一片黑色的海洋中，無邊無際看不到盡頭的黑色充斥了她的整個世界。那些黑色無一例外，是頭髮，有長有短、有粗有細、髮質各異的頭髮堆砌起視線範圍中的任何東西。

還沒等李梅尖叫，她便覺得全身都開始發出刺痛訊號。所有的皮膚都在散發出警告，彷彿有什麼東西在刺激她。李梅驚駭未定地看過去，頓時嚇懵了。只見接觸到她的頭髮，開始拚命地朝她的毛孔、指甲縫中鑽入。

不久後，黑乎乎的無數毛髮將她淹沒。頭髮鑽入了她的七竅，甚至就連肚臍也沒有倖免。

第二天一早，當張雯怡和星星醒來時，李梅已經變成了一具冷冰冰的屍體。她的死亡很駭人，全身的毛孔都充斥著一種不正常的黑色，像是裡邊密佈著黑色的點狀物。

她的面容被自己的頭髮死死捆得像粽子似的密不透風，看不到臉。星星嚇得癱軟在地上不停地尖叫。而張雯怡，一邊顫抖，一邊撥通了報警電話。

當天下午，星星從警局出來，毫不猶豫的走進理髮店。在理髮師驚訝的視線中，要求剪成光頭。

張雯怡緊緊拽著手機，她沒有什麼信仰，唯一能夠期待的，就是夜不語的電話。那是她唯一的一根救命稻草。當死亡真真正正的降臨在身旁時，女孩才猛然發現，自己的小聰明自己的冷靜，是多麼的無力渺小。

也正是這個時候，電話響起，是一個未知號碼。張雯怡心臟猛地急跳，她整個人停頓在大街上，口乾舌燥的接通電話。一個沉穩富有彈性的熟悉聲音沉默了半刻，然後徐徐流淌出來。

「雯怡，我是夜不語。」

就在那一刻，張雯怡的整個世界，都停滯了。

光著頭戴著帽子的星星看著如同花癡般一直都笑得很開心，像是完全感受不到死亡威脅的張雯怡，很無語。

「妳那朋友，是個厲害的道士？會法術？」星星問。

女孩眨巴著眼，疑惑不解，「小夜怎麼可能是道士，而且，地球上哪有法術這東西。」

「那妳幹嘛那麼開心，一接到電話就站在路邊上站了一個多小時，挪都不挪一下位置。」星星摸了摸自己的帽子，赤裸的頭皮挨著粗糙的布料，很不舒服。

「妳不懂。小夜要來了，我們就有救了。」張雯怡淡淡地說，望著天空，這一刻感覺整個天地都晴朗無比。就連一直都陰霾著的臉孔，也掛上了輕鬆地恬靜。

「我就不明白了，咱們遇到的是超自然狀況，誰知道下一個會是誰死掉。」星星不樂觀地搖頭，「妳真認為他能救我們？」

「放心吧。警方已經通知李梅的家長了，我們在小夜在之前，要千萬小心。」張雯怡甜甜的回憶著夜不語對她叮囑的話，一邊說：「他應該已經上了飛機，凌晨三點就能到春城。我請他到妳家會合！」

「可是……」星星還是猶豫，她覺得繼續找得道高僧驅邪更踏實。

「別可是了，最近心力憔悴得厲害，我們晚上去吃頓好的。」張雯怡望著她的手朝春城的高檔餐廳走去。星星鬱悶地沒有反抗，這個比自己小幾歲的女孩子，骨子裡還真是強勢。

光明漸漸被黑暗吞噬，夜晚在燈紅酒綠中緩緩來臨，沒有人能阻擋它的腳步。星星吃了法國菜，喝了整整一瓶紅酒，花光了一個月的薪水後，被張雯怡扶回了租屋中。

這位小職員的薪水不算高，所以租的只是一室一廳的小房間。以獨居者的角度而言，足夠住了。星星模樣倒是挺整潔漂亮，可是自己的家卻亂七八糟的，比宅男還邋遢。張雯怡滿頭都是黑線，看著堪比垃圾堆的臥室，只好把被扶著的主人隨便扔到沙發上，收拾起房間來。

星星醉酒後便沒有清醒過，一直都小聲說著夢話。張雯怡聽不清楚她在咕噥什麼，也沒在意。

好不容易收拾完房間後，她將女主人搬運到了床上。睡不著，看著窗外不斷閃爍的霓虹燈，女孩覺得那個世界離自己太過遙遠。大學幾年，她總是冷傲的，看不起所有追求者。可是夜不語，終於就要見到他了……

窩在沙發上，張雯怡輾轉反側。屋裡瀰漫著一股說不出來的氣味，聞著聞著，她居然昏沉沉的失去了意識。不知道過了多久，女孩被一聲尖叫驚醒。

聲音的來源是星星的臥室。張雯怡連忙起身，朝臥室裡跑去。星星也醒了，她坐在床上，睜著眼睛，雙眼無神。她的嘴大張，尖銳的聲音不斷從喉嚨裡湧出。這傢伙，並沒有從夢魘中清醒，只是在下意識的不斷宣洩著內心的恐懼。

張雯怡心跳急促，尖叫聲令她心煩意亂、手足無措。她走上前用力的搧了星星一巴掌，星星的視線終於開始聚焦，最後看清楚了身旁的人。猛地，撲在張雯怡的懷裡哭個不停。

「好可怕。嗚嗚！」星星小孩似的，被自己的夢嚇得很慘，眼淚鼻涕橫流。

「沒事，過去了，都過去了。」女孩輕輕地拍著她的背，安慰道。

「我感覺自己差點就死掉了，夢裡，全是一大堆一大堆的噁心頭髮。它們看到我就像掠食者似的，一擁而上。」星星語無倫次的描述著自己的夢境。

張雯怡不斷安慰她，突然她感覺自己的手摸到了一些順滑光潔猶如綢緞的東西。那是頭髮的觸感。真實的皮膚感應告訴她，星星的肩膀位置有頭髮。

女孩頓時愣住了，她的手變得僵硬，身體也猛地向後退了幾步。

星星不解的看著她，眼睛上還掛著淚水，「妳怎麼了，一副見鬼的表情。」

「星星姐，妳自己摸摸妳的頭。」張雯怡就連聲音都發起了抖，可見她有多恐慌。

星星下意識的伸手摸去，她摸到了自己的頭髮，不由得氣惱道：「我頭上不就是只有頭髮而已嗎？什麼怪東西都沒……」

話音還沒落下，就已經戛然而止。星星終於也意識到了不對勁兒的地方，自己的頭髮，明明下午已經剪掉了，頭皮上光滑得可以讓螞蟻摔倒。可現在，頭上的漆黑靚髮，究竟是從哪裡冒出來的？

有人能一夜之間白頭，但卻絕沒聽說過誰能一夜之間長出披肩長髮。

星星滿身僵硬，本應柔順的頭髮冰冷無比，在她的手間透著絲絲詭異。女孩再次尖叫起來，拚命地將頭髮往下扯。沒有一絲一毫的痛覺，扯下的頭髮根本不像是自己的，也不是從自己的毛囊裡生長出來的。

這些頭髮，究竟是從哪裡冒出來的？

或許這個問題，永遠也得不到解答。被扯下的黑髮掉在地上，彷彿線蟲般活了過來，黑色，在燈光下反射著寒光。它們在地上穿梭，順著床單爬上了單人床，挨著星星的皮膚就朝著她身體裡鑽。

張雯怡被嚇得不輕，她甚至看到大量的黑髮朝自己爬過來，速度快得難以置信。女孩什麼也顧不上了，拔腿就逃。她逃到大門口，剛要抓住把手，卻看到門把手上不知何時爬滿了黑髮，蛇似的豎起前段。明明沒有視覺的詭異黑髮，居然給她一種被窺視的感覺。

女孩拚命地逃個不停，不久後，整間小房子內部都充滿了無數的黑色髮絲，蜘蛛網似的密佈著。張雯怡累得要死，完全不知道該繼續朝哪個位置逃。莫名其妙湧出的頭髮罔顧物質守恆原則，它們出現得莫名其妙、無跡可尋，卻不斷地在將人逼入絕路。

張雯怡終於沒有落腳的地方，她流著淚水閉目等死，心裡充滿了懊悔。生死一霎間，她居然不是在擔心自己，而是想到了夜不語。

自己不該聯絡他的，如果他真的來了，該怎麼辦。自己，或許會將他害得橫死。小夜，你千萬不能趕來！

張雯怡祈禱著，黑色髮絲遮天蓋地的想要將她吞沒。

就在這時，門外傳來輕微的槍響。一個帶著安全感的身影猛地撞開門撲了進來。看到屋裡的糟糕狀況，來人不由得一愣。

見到朝思暮想的人，張雯怡先是一喜，然後心就冷入了谷底。她撕心裂肺的大喊一聲，「小夜，快逃！」

下一刻，整個人已經被恐怖的黑髮瀑布遮住了視線。意識最後，她的嘴裡全是苦澀，終究還是沒能見到他最後一面……

窗外，仍舊是亂閃的霓虹燈，和淡淡夜色。

（未完待續－請期待《詭髮（下）》）

夜不語作品 17

夜不語詭秘檔案105：黑匣子

國家圖書館出版品預行編目資料

夜不語詭秘檔案105：黑匣子 ／ 夜不語 著.
一 初版. 一 臺北市：春天出版國際， 2017.05
面； 公分. 一（夜不語作品；17）
ISBN 978-986-94824-3-1（平裝）
857.7 106007470

ISBN 978-986-94824-3-1
Printed in Taiwan

作者 夜不語
封面繪圖 Kanariya
總編輯 莊宜勳
主編 鍾靈
美術設計 三石設計

出版者 春天出版國際文化有限公司
地址 台北市信義區信義路四段458號3樓
電話 02-7718-0898
傳真 02-7718-2388
E-mail story@bookspring.com.tw
網址 http://www.bookspring.com.tw
部落格 http://blog.pixnet.net/bookspring
郵政帳號 19705538
戶名 春天出版國際文化有限公司
法律顧問 蕭顯忠律師事務所
出版日期 二〇一七年五月初版
定價 170元

總經銷 楨德圖書事業有限公司
地址 新北市新店區寶興路45巷6弄6號5樓
電話 02-8919-3186
傳真 02-8914-5524